ファイナルオッズ

島田明宏

集英社文庫

目次

ファイナルオッズ

プロローグ

駅前通りを早足で歩き、ドラッグストアの手前で細い路地を右に入った。ボストンバッグを脇に抱えて走り出し、突き当たりの運河沿いの道を跳ぶように左へ曲がる。ビルを背に立ち止まり、呼吸を整えた。

バッグを足元に置き、シャツのボタンをひとつ外した。ひんやりとした風が胸元に入り込んでくる。

スマホを手に顔を下に向け、上目づかいで周囲を観察した。

今、自分が走ってきた道からは、誰も出てこない。

駅前のロータリーの横断歩道で何者かにつけられているように感じたのは気のせいだったのか。

エコバッグを持った中年の女やシルバーカーを押す老人、後ろに子供を乗せた若い母親の自転車やデリバリーのバイクが目の前を行き交う。

傾いた陽が、運河の向こうの空をオレンジ色に染めている。

干潮で水位が下がっているせいか、運河から魚が腐ったような臭いが上がってくる。吐き気をこらえて深呼吸し、額の汗を拭った。

こうして脇道に入って走る、ということを繰り返せば、仮に追跡者がいたとしても撒くことができるだろう。

約束どおりに「彼」が来れば、今夜十時にバトンを渡せる。

バッグを持ち上げた。先刻より重くなったように感じられる。

――五千万円の重みか。

中には、ひと束約百グラムの百万円の札束が五十束入っている。五キロの米袋と同じだと思うと、余計にズシリと来る。

借りているウィークリーマンションは、ここから徒歩五分ほどだ。

そこを借りたことを知っている人間は、今のところ自分以外にいない。

「彼」にはこれからＬＩＮＥで伝える。

女子高生の一団をやり過ごしてから、マンションに向かった。

仕事帰りのサラリーマンやＯＬが増えてくると少し落ちつき、コンビニで弁当とビールを買う余裕も出てきた。

マンションの敷地に入るときも、エントランスのオートロックを解除するときも、慎重に周囲を確認した。

誰もこちらを見ていない。

エントランスのドアをすり抜け、エレベーターのボタンを押す。廊下の奥から物音がしたのでギクリとしたが、部屋から住人らしき男が出てきただけだった。

六階でエレベーターを降りて右奥の部屋の前に立った。

鍵を差し込む手がかすかに震えた。自分の気の弱さに苦笑しながらドアを開け、滑り込むように中に入った。

鍵をかけ、大きく息をついた。脱いだ靴を揃え、念入りに手洗い、うがいをしてからアルコールティッシュでボストンバッグの持ち手や財布、スマホなどを拭いた。

備えつけのローテーブルにバッグを置いた。まったく同じバッグがこの部屋にもうひとつある。

午後六時になろうとしていた。

「彼」が来るまで、あと四時間。長い四時間になりそうだ。

キッチンの調理台に弁当を置き、ビールを冷蔵庫に入れた。

まだ部屋の灯はつけていない。レースのカーテンの端から下の道を見て、こちらを窺っている者がいないことを確かめてから遮光カーテンを閉め、灯をつけた。

LINEで「彼」に、このマンションの住所とマンション名と部屋番号を伝えた。すぐに既読になった。そして「了解です」とメッセージが来てから、自分が送ったメッセージを「送信取消」にして消去した。「彼」からのメッセージも消えた。打ち合わせどおりだ。

ベッドのヘッドボードに背を預け、テレビをつけた。

疲れが肩にのしかかってくる。

ニュースを見ていたつもりだったのに、お笑い芸人とタレントが街中で追いかけっこをする番組になっていた。

いつの間にか寝てしまったようだ。

スマホで時刻を見ると、午後八時を過ぎていた。二時間ほど寝たのか。なのに、ほとんど寝た気がしない。余計に疲れたような気さえする。

それほど空腹ではなかったのだが、弁当を食べた。チキン南蛮弁当だ。

少し飲みすぎたか。気がついたらビールを三缶あけていた。今夜は車を運転することはないから、このくらいなら飲んでも構わないだろう。

シャワーを浴びて、動きやすい服装に着替え、またテレビを見た。

ニュースの内容が頭を素通りしていく。

九時半になった。そこから九時四十分までも長かったし、そのあとの十分はさらに長く感じられた。

チャイムが鳴り、モニターにキャップを被(かぶ)った「彼」の姿が映し出された。

ない。

九時五十分だ。約束より早いが、外で時間を潰すよりは安全だと判断したのだろう。解錠ボタンを押すと、「彼」がドアから入るところが見えた。ほかには確かに誰もいない。

部屋の玄関ドアの鍵を開け、「彼」が来るのを待った。

足音が近づいてきて、玄関の前で止まった。

と思ったら、いきなりドアが開いた。

そこにいたのは「彼」ではなかった。

叫び声を上げようとしたとき、「バリバリッ!」とスパーク音がして、青白い火花が見えた。

スタンガンか。

抵抗しようと手を伸ばした。が、腹に猛烈な痛みを感じたのと同時に、意識が遠のいていくのがわかった。

視界が暗くなり、瞼(まぶた)の裏に細身の女のシルエットが浮かび上がってきた。

その姿は少しずつ遠ざかり、やがてすべてが闇に包まれた。

一　ギャンブラー

松原太一（まつばらたいち）は、いつもパドックの同じ場所に陣取り、目の前を常歩（なみあし）で周回する馬たちの蹄音（ていおん）に耳を澄ます。

パコッ、パコッと、テーブルにお椀（わん）を伏せたような音をさせて歩く馬はかなりの確率で凡走する。それを太一は「P音」と呼んでいる。P音をさせている馬がいたら競馬新聞の馬名の下に赤ペンで「P」と記す。

さらに、首を大きく上下させたり、小走りになったりして入れ込んでいる馬には「／」、発汗している馬には「＼」とチェックを入れる。入れ込みや発汗の度合いが大きいほど斜線を長くし、出馬表をぱっと見ただけで取捨ができるようにしている。

ここ千葉県船橋（ふなばし）市の中山（なかやま）競馬場のパドックでは、オッズ板の向かい側、つまり、スタンドとコースを背にする側で、馬主やマスコミ関係者用のスペースより少し四コーナー寄りの一角が、太一の定位置になっている。日光の当たり方や馬体の見え方などが同じ場所から「定点観測」をつづけることで、好調時とそうでないときのわずかな違いを見つけることができるのだ。今日は最前列を学生サークルの連中に占領されているので、そこより一段高くなったスペースに立っている。

午前中は「密」になるほど客はいなかったが、メインレースが近づいてくると、ぶつからずに歩くのが難しいほど人が多くなってきた。

今日は重賞のスプリングステークスが行われる。三着まで入った馬に、クラシック三冠競走の皮切りとなる皐月賞への優先出走権が与えられる。格付けはGⅡで、七十回以上の歴史を持つ、三月の中山の名物レースだ。

世界中で猛威を振るった新型コロナウイルスは、ワクチンや新薬の効果でピーク時に比べてずいぶん勢力が弱くなった。それでも「密閉、密集、密接」の「三密」は避けるべきだという風潮はつづいており、競馬場や遊園地など、大勢の人間が集まるスペースでは入場制限がかけられている。基本的に、キャパシティ、つまり、収容可能人員の半数を上限としている。中山競馬場の場合は、キャパシティを十五万人（オグリキャップの引退レースとなった一九九〇年の有馬記念では十七万八千人近くが入場したのだが）と設定し、その半分、七万五千人分の前売り入場券を、あらかじめ、競馬場や場外馬券場、インターネットなどで購入した客だけが入場できることになっている。

スプリングステークスに出走する十六頭がパドックに入ってきた。

「どうだ、儲かってるか」

大学で同期だった若林和正が太一の隣に立った。今、競馬場に着いたようだ。

「まあ、行って来い、ってとこかな」

太一が答えた。馬券の収支はほぼトントン、という意味である。

大学を卒業してから十年ほど経つ今も、太一と若林は、週末になるとちょくちょく競馬場で顔を合わせる。

「このレースの狙い目は？」

「インスティテュートとレッドタイトルのどっちを頭にしようか迷ってるところさ」

「フリーランドはどうする」

「ヒモにはしても、軸にはしない。まだちょっと信用し切れないからな」

フリーランドは早くからクラシック候補と言われた素質馬だ。しかし、一番人気に支持された去年のホープフルステークスの四コーナーで外埒まで逸走し、騎手を振り落として競走中止になった「前歴」がある。

その後、今年の二月の初め、京都競馬場の芝外回り一八〇〇メートルで行われたきさらぎ賞ではコースアウトせずに走り切って完勝した。

賞金面で皐月賞の出走権は獲得できているのだが、逸走したホープフルステークスと同じ中山コースでの走りを確かめるため、陣営はここに出してきたようだ。

今のところ、単勝一番人気の支持を集めている。

同じ右回りの京都で行われた前走のきさらぎ賞でも、その後の調教でも、悪さをしそうな素振りを見せていない。それでも太一は、競走馬の気性的な問題というのは、そう簡単に解消されるものではないと考えていた。逸走癖が完全に矯正されていたら、今回もあっさり勝って不思議ではない実力の持ち主であることは確かだが、今、目の前を歩くフリーランドが、また何か「悪さ」をやらかしそうな気がして仕方がないのだ。一見、おとなしく周回しているが、ときおり耳と尾を細かく動かしている。何か気に食わないことがあるか、集中していないサインかもしれない。

「なるほど。荒れる可能性もありと見ているわけか」

若林はそう言って新聞と馬とを交互に見ている。が、彼は、太一がいいと言った馬を自分の買い目に加えることはない。

若林はいつも、競馬場に来る前に、買う馬券を決めているのだ。

その決め方が、ちょっと変わっている。

例えば、先年、菅義偉（すがよしひで）が第九十九代内閣総理大臣に就任したときのことだった。

「就任を祝う意味で、菅総理の名前か、自民党の総裁選の日付、あるいは、菅総理の出身地の秋田に関係した馬券が絶対に出る」

彼はそう言って買い目を決めたのだった。

いわゆる「サイン馬券」である。

この「菅馬券」の場合、馬名に「スガ」「ス」「ガ」を含む馬や、自民党総裁選が行われた二〇二〇年九月十四日という日付や、第九十九代に関連する枠に入った馬、あるいは、これらの数字を誕生日に含む馬、氏名に「秋田」「秋」「田」を含む関係者の馬、秋田出身の関係者の馬などが上位に来て、配当をプレゼントしてくれる——という考え方に基づいて買い目を決めたのだ。

自民党の総裁選が終わってから最初に行われたＪＲＡ（日本中央競馬会）の平地重賞は、九月二十日のローズステークスだった。このレースは秋華賞トライアルで、三着までに入った馬に秋華賞への優先出走権が与えられる。

若林によると、「秋田」の「秋」の字が入る秋華賞トライアルなのだから、サイン馬券を買うべき「指定レース」はこれだとすぐにわかったという。「指定レース」を決めた要素が「秋田」であるから、馬選びも、菅の名前や、総裁選の日付などではなく、「秋田」を最優先にして決めるといい、と即断した。

それによって、若林は三頭の馬をピックアップした。上から順に、馬番、馬名、騎手名、調教師名である。

一　リアアメリア　川田　中内田
十三　ムジカ　秋山　鈴木

八　オーマイダーリン　和田　河内

騎手名に「秋」と「田」が入っているのは、十八頭の出走馬のうち、これら三頭だけだった。しかも、リアアメリアは、調教師も中内「田」で、「田」が二重という強いサインが感じられる。さらに、「第九十九代」に含まれる「九」と「九」を足すと十八になり、掛けると八十一になることも、「一」か「八」を軸にすべきサインだったという。

若林は、リアアメリアを軸とし、相手をムジカとオーマイダーリンの二頭だけに絞って「菅馬券」を買った。

恐ろしいことに、このローズステークスは、本当にリアアメリア、ムジカ、オーマイダーリンの一、二、三着で決まった。それぞれ、三番人気、十四番人気、十一番人気だったので、一、二着を着順どおりに当てる馬単は三万九千二百三十円、一、二着の着順が入れ替わっても的中となる馬連は二万九千九百六十円、一、二、三着を着順どおりに当てる三連単は百十三万九千円という高配当になった。これらの配当は、百円の元手がこの金額になる、という意味である。

若林は、複数の馬をひとくくりにした「枠」の単位で買う枠連（配当は九百五十円）と馬連を千円ずつ、馬単と三連単を百円ずつ買っていたので、百四十八万七千三百三十円もの払戻しを手にしたのだ。

枠連と馬連は千円単位で買うのに、馬単や三連単は百円単位でしか買わない。それには彼なりの理由がある。彼が「サイン馬券の師」と仰ぐ人物が存命中には、日本ではまだ馬単や三連単が売り出されていなかった。だから、それらの馬券を厚めには買わないようにしているのだという。

若林の師匠――といっても面識があったわけではないのだが――は、高本公夫という、一九八〇年代の中ごろからバブル経済とともに盛り上がった競馬ブーム期に、異色の競馬評論家として人気を博した人物だ。

高本のサイン馬券は、「競馬には演出者がいる」という前提で成り立っていた。レースの結果はあらかじめ決まっており、何らかのサインが出されている。当たり馬券を導き出すための、そのサインは、馬名、騎手名、馬番、枠番などに隠されている。

なぜ「演出者」がサインを出すのかというと、的中馬券を限られた人間に伝え、配当で何か大きなことをしてもらうためだ。具体的には、防衛費がＧＮＰ（国民総生産）の一パーセントを超えると大変なことになるので、防衛庁（現在の防衛省）の人間が兵器購入費などを得られるようサインで伝えていた――という例もあったという。

高本の考えに従った買い方は「タカモト式」と呼ばれ、邪道として白眼視するファンや関係者が多くいた一方で、「ファン」と言うより「信者」と言うべき、熱烈な支持者もまた多かった。信者になった理由はみな同じだった。高本の理論どおりに買って、生活が変わるほどの高配当を手にしたからである。それも非常に簡単な方法で、一度ならず、二度、三度と。

若林も、ときどき「菅馬券」となったローズステークスのような大ヒットを飛ばしている。が、レースが終わってから、買い目とは異なる本当のサインに気づくケースのほうが圧倒的に多く、長い目で見ると、収支はトントンか、ややマイナスのようだ。二〇二一年十月に第百代（その後、第百一代）内閣総理大臣となった岸田文雄にまつわる「岸田馬券」もとっくにどこかで出ているはずで、ただそれに自分たちが気づいていないだけだ——というのが若林の持論なのである。

「なあ、若。今日はサイン馬券が出そうなレースはあるのか」

太一が訊くと、若林は苦笑した。

「あるかもしれないし、ないかもしれない」

「例の『コロナ馬券』はいつ出るんだよ」

「ＷＨＯか日本政府のコロナ収束宣言に合わせたタイミングだろうな」

語呂合わせの「五（コ）」「六（ロ）」「七（ナ）」で決まる三連単か、日本で初めて新型コロナウイルスの感染者が確認された「二〇二〇年一月十六日」に関連した高配当の馬券がビッグレースで出る、と、若林が言い出してからずいぶん経つ。

「収束宣言が出なかったら？」

「おれもそれは考えた。ただ、サイン馬券でＷＨＯや厚労省が対策費を捻出してから宣言という可能性もあるわけだから——」

と、自説を熱く語る若林は、競馬ファンであることは誰に対しても隠していないが、サイン馬券を信奉していることは、ごく親しい仲間にしか教えていない。「競馬には演出者がいる」という考え方が、世間一般からは奇異な目で見られることを十分わきまえているのだ。

若林がタカモト式の存在を知ったのは、大学二年のときだった。他界した父の遺品を整理していたとき、押し入れの段ボール箱に高本の馬券本が二十冊ほど入っていたのを見つけた。そのとき、父もかつて競馬が好きだったことを初めて知ったという。高本の著書のタイトルや帯の惹句を見たときは荒唐無稽に思われたが、この一冊だけ、いや、もう一冊……と読んでいるうちに、自然と信奉者になっていた。

若林と太一は、東京の同じ私立大学に通い、同じ経済学部で、ゼミまで一緒だった。

小さいころから太一は空手、若林は剣道を習っていたこともあり、話が合った。

ただ、若林のほうが太一より遥かに学業の成績はよく、ゼミでも、合コンに行っても、太一はいつも引き立て役だった。若林の周りには次々と女たちが集まってくる。何しろ、百八十センチを超える長身で、「若」とか「若さま」というニックネームそのままの凜々しい小顔なのだ。歯並びまで整っている。おまけに性格もよく、容姿や頭のよさを鼻にかけるところがまったくない。自分がモテることを何とも思っていないので、男たちからも人気があった。

　若林は大手広告代理店の博有(はくゆう)エージェンシーに就職した。二十代の終わりに大手自動車メーカーの担当になり、今年、プロジェクトのリーダーに抜擢(ばってき)されたという。本人はＪＲＡの担当を希望しているのだが、認められないらしい。自動車メーカー担当の上司が、有能な彼を手放そうとしないのだろう。

　その若林が、パドックに向かって左側にあるガラス扉のほうに顎をしゃくった。

「姫さまのお出ましだぜ」

　名前と雰囲気から「姫」とか「姫さま」と呼ばれるようになった（といっても、そう呼ぶのは太一と若林だけだが）坂本姫乃(さかもとひめの)が、競馬新聞を額にかざして日除(ひよ)けにし、ゆっくりと歩いてくる。

「ごきげんよう」

　別れるときではなく、会ったときにそう挨拶する人間もいるということを、太一は姫乃と話すようになって初めて知った。

　最初のうちはどう返事をしたらいいのか戸惑ったが、今は太一も若林も「よう」と返している。

　姫乃は、おそらく太一とそう変わらない三十歳前後だ。独身で、東京在住、裕福な家庭に育ち、兄と姉がいる末っ子。それ以外、彼女について知っていることはない。

いや、もうひとつある。馬券の買い方だ。

姫乃の買い方もちょっと変わっている。根底にあるのは、彼女の造語である「オッズバランス」という考え方だ。

まず、前日発売や、レース当日の朝イチの単勝人気を見て、近走の成績が冴えないのに上位人気になっている馬がいるかどうかをチェックする。もしそういう馬がいたら、実は前日追いの動きがよかった、などのインサイダー情報をもとに、関係者が大口で投資している可能性があるからだ。それはすなわち、かなりの高確率で好走する馬と見ていい。

それを軸として馬券を買うわけだが、彼女は単勝や馬連などは買わず、三連単と三連複（選んだ三頭が着順によらず三着以内に入れば的中となる）とウインファイブ（Win5、指定された五つのレースの一着を当てる馬券）しか買わない。要は、高配当が出やすい馬券にしか興味を示さないのだ。

三連単の場合は、その馬を軸として五頭ほどに流したうえでマルチとする。マルチというのは、軸にした馬が二着や三着になっても的中する買い方だ。当たる確率は高くなる代わりに、買い目はかなり多くなる。三連単軸一頭マルチで五頭に流した場合は六十通り。最低単位の百円で買っても六千円になる。六頭に流すと九十通り、七頭だと百二十六通りになる。

流す馬、馬券用語で言う「ヒモ」とするのは、五頭流しの場合、上位人気の三頭と、かつてそのコースで好走歴があったり、好走したときと同じ騎手が乗っていたりする馬二頭を選ぶ。

問題はここからで、どのレースで勝負するかは、そのレースに単勝三十倍未満の馬が何頭出ているか、正確には、出走馬全体のうち単勝三十倍未満の馬が何頭いるかの比率を見て決める。それが彼女の言う「オッズバランス」である。が、十八頭の出走馬のうち三十倍未満の馬が六頭だから買う、などの数値化された基準はない。最終的にどのレースを買うかは、オッズのバラけ方などを吟味したうえで、彼女の勘で決めることになる。三連複は、フォーメーションという、一、二、三着それぞれに来そうな馬を選ぶ買い方をする。三連複を買うのは最終レースだけだ。

ウインファイブの場合は、オッズの動きが気になった馬を中心に買うのだが、「オッズバランス」を見て勝負すべきだと思ったレースは点数を多めにし、それ以外のレースは上位人気の馬を選ぶようにしている。なお、このウインファイブは、インターネット投票でのみ買える馬券である。

普段は、自宅で競馬専門チャンネルをつけっぱなしにし、パソコンでオッズを見ながらネット投票で馬券を買っている。それが最も集中できるからだという。

姫乃はときどき、的中して払戻し金額が表示されている画面のスクリーンショットをLINEで送ってくる。それが百万円を超えていることも珍しくない。

そんな彼女が競馬場に来るのは、勝負すべきレースがないときだ。日本ダービーや有馬記念などのGIレースだからといって勝負するわけではない。あくまでも「オッズバランス」次第で、条件さえ合えば、GIレースで勝負することもある。

太一と若林と姫乃の三人でいると、必ずと言っていいほど、美男美女のカップル――若林と姫乃に、お邪魔虫の太一がくっついていると思われる。が、おそらく、いや、確実に、若林と姫乃は男女の関係ではない。

では、太一の買い方はというと――。

自分では、至極まともな、これぞ正統派という買い方だと思っている。

まず、競馬新聞で過去の成績を吟味し、距離や斤量、左右の回り、週末の天気予報を確認したうえでの馬場適性、調教の動き、臨戦過程などをランク付けする。さらに、メンバーの脚質を分類してレース展開を読み、最終的に、パドックや、馬場入りして走り出すときの馬の動きを見てから買い目を決める。

太一が嗜むギャンブルは競馬だけだ。パチンコも麻雀も、競輪、競艇、オートといったほかの公営ギャンブルもやらない。

ギャンブルが好きなのではなく、競馬が好きなのだ。

テレビでオグリキャップという、太一が生まれた年に引退した名馬のドキュメントを見て競馬に興味を持った。よくわからず、大学一年のときに初めて府中の東京競馬場を訪れた。たまたま天皇賞・秋が行われた日だったので十万人以上の観客が集まっており、人の多さには閉口したが、競馬場の広さと芝コースの美しさ、眼前を駆け抜けるサラブレッドのスピードと迫力に圧倒された。

ビギナーズラックには恵まれず、馬券はさっぱり当たらなかった。それでも、また競馬場に来たいと思った。

毎週月曜日に競馬週刊誌を買い、スポーツ新聞の競馬面や競馬ポータルサイトの記事、名騎手、名調教師の評伝などを読みあさり、名馬物語や名勝負のＤＶＤを延々と見て、平日に時間が合えば大井、川崎、船橋、浦和などの地方競馬、週末はＪＲＡの競馬場に通うようになった。

一頭の馬が生まれてから競走馬となってレースに出走するまでのプロセスにも興味を持ち、詳細を知れば知るほど、その奥深さに惹かれていった。生産牧場で働く人々、育成牧場で馴致・育成に携わる人々、事業に成功して馬主資格を得たオーナー、トレーニングセンターの厩舎に拠点を置く調教師、毎日世話をする厩務員、稽古をつける調教助手のほか、獣医師、装蹄師など、多くの人間たちの手がかけられ、日々騎乗技術を磨きつづける騎手を背に戦いに臨む。

そこで演じられるドラマに魅せられ、競馬がやめられなくなった。

馬券を買っているのは、あくまでも、レースを見るときのワクワクドキドキを増幅させるためだ。

だから、「大勝負」と言えるほどの金をつぎ込むことはない。三連単のように点数が多くなる馬券はもちろん、馬連や馬単のように点数を絞ることのできる馬券も、百円や五百円単位で買うことがある。一日に遣う馬券代は一万円までと決めている。

競馬好きとして知られる作家が、「家庭の食費に遣う五千円も、GIの馬券に遣う五千円も、未勝利戦の馬券に遣う五千円も等価であることを忘れてはいけない」とエッセイに書いていた。つい、今日はダービーだから、有馬記念だから……と、いつもと買う金額を変えてしまいがちだが、そうするとフォームが崩れ、当たり馬券を逃してしまう、というのだ。そのとおりだと思う。

若林の「サイン馬券」にも、姫乃の「オッズバランス」にも、それぞれの面白さがあることはわかる。けれども、そうした見方をしている彼らが競馬場に来て、何が楽しいのか、不思議で仕方がない。競馬というものを、太一を含む大多数の競馬ファンとはまったく異なるものとしてとらえているにもかかわらず、サラブレッドの躍動美やレースの迫力、さまざまな人間たちの努力や思いが生み出すドラマに、太一同様、心を動かされているようなのだ。

「太一、この前は美味しいおやつ、ありがとう」

姫乃が微笑んだ。

太一はときどき、勤務する中堅食品メーカーのさわやかフーズでつくったチョコレートやビスケットなどのサンプルを競馬場に持ってくる。姫乃の言う「この前」というのがいつのことなのかよくわからなかったが、とりあえず笑みを返した。

二　スプリングステークス

メインレースのスプリングステークスに出走する十六頭の三歳馬が、中山競馬場のパドックを周回している。

やはり、五番のインスティテュートの状態が一番よく見える。ベテラン厩務員が持つ曳き手綱に頼ることもなければ、入れ込んで引っ張ることもない。周回を重ねながらときおり首を前に伸ばしているのは、リラックスしているからだ。やる気がなくてそうしているわけではないことは、真っ直ぐ前を見据えた目と、馬銜の感触を確かめるように動かす口元を見ればわかる。トモの踏み込みも深い。耳をずっと前に向けているのは、気分がいいからだ。馬は、極限まで集中したり、危険を察したり、相手を攻撃したりするときは、耳を後ろに絞る。

六番のレッドタイトルは、やや発汗しているのが気になる。首を高くして歩いているのは、自分を大きく見せようとしているからだろう。「馬体を大きく見せる」というのはプラス材料とされているが、自然にそう見えるのと、馬が虚勢を張ってそう見せているのとでは大違いだ。

　太一の心は、インスティテュートに大きく傾いた。

　ほかで目につくのは、二番のソーグレイトだ。胸前やトモの筋肉に張りがあって、なおかつ歩様がやわらかい。

　馬体のバランスという意味では十四番のフリーランドがずば抜けている。細い流星に特徴のある、小さく整った顔。しなやかな首と、盛り上がった胸前。やや胴長なところは距離が延びてからのさらなる可能性を感じさせ、うっすらとあばらの浮いた腹のラインも綺麗だ。トモはひとつひとつの筋肉の輪郭がくっきりと浮き出ており、全体のボリュームも文句なし。漆黒にも見える青鹿毛の馬体全体が、春の陽射しを受けて艶やかに輝いている。白目があって、ちょっと目つきが悪いことを除けば、これぞサラブレッドの見本、という素晴らしさだ。

　しかし、今日はあまりいい状態ではないようだ。相変わらず耳と尾をせわしなく動かし、視線も定まらない。よそ見ばかりしているので、パドックを周回しながら何度も太一と目が合った。明らかに、これから始まるレースに集中しようとしていない。

　――こんなやつらと一緒に、マジメに走ってらんねえよ。

　ギロリとこちらを睨むフリーランドの口元から、そんな声が聞こえてきたような気がした。

「止まーれー」

係員が独特の抑揚をつけた号令をかけた。

出走馬十六頭が立ち止まり、それぞれに騎手が駆け寄って行く。

馬が騎手を背に迎える瞬間は、好走するか、凡走するかを見極めるうえで大切なチェックポイントになる。表情や、全身から伝わってくる気配がどのように変化するか。全身をセンサーにしたつもりで、それを感じ取るのだ。好感の持てる変わり身を見せた馬名に素早く赤ペンで印をつける。

インスティテュートは主戦騎手の池山栄介（いけやまえいすけ）を背にすると、ツル首と呼ばれる、首を弓なりにしならせた状態になり、軽くステップを踏むように歩きはじめた。レッドタイトルも、ソーグレイトも、騎手を乗せると気合をぐっと表に出した。

ただ、フリーランドは、騎手の三島治人（みしまはると）を鞍上（あんじょう）に迎えても、それまでと変わらず、のんびりと歩いている。「暴れ馬」という印象が強いだけに、落ちついているのは好材料として受け止められそうだが、おそらく、やる気がないだけだ。それでも、覇気がないわけではないことは、強い目の光が物語っている。秘めている、というより、隠しているのだ。この気配なら、今日も、どこかで何かをやらかすかもしれない。

出走馬が、馬番の若い順にパドックから馬道（うまみち）へと出て行く。

太一たちもパドックを離れ、スタンドを抜けてコースの前に出た。

馬道を通ってきた出走馬が、第一コーナーに近い出入口からコースに入って行く。

こうして馬場入りしてほどなく、それまで常歩で歩いていた馬たちが、「キャンター」と呼ばれる駈歩（かけあし）に移る。こうしてウォーミングアップすることを「返し馬」と言う。ポイントは、キャンターに移る一歩目をどのように踏み出すかだ。それによって、走ることに対して前向きになっているかのメンタル面と、筋肉と関節がスムーズに動いているかのフィジカル面の両方のコンディションを知ることができる。

背中に人を乗せて歩き出すときや、常歩からキャンターに移るとき、さらに、追い切りや実戦では、スパートする瞬間がそれに相当するのだが、競馬においては、「静」から「動」に移る瞬間の見極めが大切になってくるのだ。

二番のソーグレイトも五番のインスティテュートも、スムーズに返し馬に入った。ただ、六番のレッドタイトルは走り出す前に口を割って首を振り、入れ込むような仕草を見せている。十四番のフリーランドは悠然とスタンド前を歩き、鞍上の三島に促されてもなかなか走り出そうとしない。

インスティテュートの走る姿がターフビジョンに映し出された。首をしなやかに上下させ、ゆったりとストライドを伸ばしている。四肢を大きく投げ出すような走り方だと、この先、雨で湿った馬場などで滑ってしまう恐れがあるのだが、この馬は前脚でかき込むような走法だ。これだけ完歩（かんぽ）が大きいのに、馬場が渋っても問題のなさそうな走りをする馬は珍しい。レースで使い込まれ、傷むことが確実なこの中山芝コースで行われる皐月賞に向けて、心強い要素だ。

映像がほかの馬の返し馬に切り替わっても、その姿に、インスティテュートの走りの残像が重なってしまう。

前走の共同通信杯は三着、前々走のホープフルステークスは二着と、安定していても勝ち切れないため、単勝十倍以上の四、五番人気に評価を下げている。しかし、今日のインスティテュートはこれまでとは違う。その走りから、太一の胸に直接吹き込まれる熱風のようなものが感じられるのだ。

フリーランドが最後にようやく返し馬に入った。流れるようなフォームは素晴らしいが、力感がない。

決めた。軸はインスティテュートだ。

若林も姫乃もこのレースは「ケン」するようだ。「ケン」というのは「見」から来た言葉で、馬券を買わずに見るだけのことを言う。それでも二人は、太一と一緒に返し馬を眺めている。どの馬がいいとも悪いとも言わない。ただ眺めているのだ。

太一は、インスティテュートの単勝を二千円と、インスティテュートを軸にして、ソーグレイトとレッドタイトル、フリーランドの三頭に流す馬連と馬単を五百円ずつ買った。

合計五千円。太一にしては張り込んだ。パドックと返し馬でこれだけ的を絞り込めることは滅多にない。なぜか、外れる気がしなかった。

スプリングステークスのゲートが開いた。

実況アナウンスが響く。

〈正面スタンド前から十六頭が飛び出しました。おおっと、一頭大きく出遅れた！　インスティテュートです。インスティテュートがスタート直後に躓いて、ポツンと三馬身ほど立ち遅れました〉

太一は頭を抱えた。

他馬がポジション争いをする中、インスティテュートはようやく態勢を立て直し、走りはじめた。

太一のいるスタンドから見て右から左へと進んで行く馬群は、先頭から最後尾まで十五、六馬身の縦長になっている。ペースが速いと馬群は縦長になってバラけ、逆に遅いと密集した団子状態になる。

ハイペースになると、序盤から前につけた馬は最後にスタミナをなくして失速し、後方でエネルギーを温存した馬が逆転可能になる。インスティテュートは出遅れて最後方からの競馬となったが、このままハイペースで流れてくれれば、最後に逆転するチャンスが来るかもしれない。

〈ハナを切ったのはレッドタイトル。快調に飛ばし、後続との差を二馬身、三馬身とひろげて行きます〉

パドックから入れ込み気味だったレッドタイトルは、やはり、行きたがる気持ちを抑えることができなかったのか。明らかにオーバーペースだ。それでも鞍上は、無理に手綱を引っ張るより、一か八か、このまま行かせたほうがいいと判断したのだろう。

〈外から先頭との差を詰めて行く馬がいます。一番人気のフリーランドです。掛かり気味の手応えで、逃げるレッドタイトルの直後につけました〉

レッドタイトルの直後につけたフリーランドは、これだけ速い流れを追いかけているのに、余裕がある。鞍上の三島は重心を後ろにかけて手綱を引いている。抑えるのをやめたら、どこまでも突っ走って行きそうな勢いだ。

ソーグレイトは中団で折り合いをつけている。インスティテュートは、さらに七馬身ほど遅れた後方でじっとしている。

――よーし、いいぞ。このまま乱ペースで流れてくれれば、届くかもしれない。

十六頭が、一、二コーナーを右へと回って行く。

〈レッドタイトルが先頭のまま、馬群は向正面（むこうじょうめん）へ差しかかりました。一馬身半ほど後ろに、手綱を引っ張り切りのフリーランド。速い流れでレースは進んでおります〉

フリーランドの鞍上の三島は、水上スキーでもしているかのように手綱を長く持って重心を後ろにかけ、膝を伸ばした両脚を前に突き出している。

フリーランドは首を上げて口を割り、ときどき頭を左右に振っている。馬は、手綱からつながる馬銜を銜え、そこで騎手からの指示を受け止める。しかし、今のフリーランドは強い力で後ろから手綱を引っ張られているので、微妙な力加減による細かな指示の変化を察知することはできない。さらに、首を上下にほとんど動かせない状態なので、前脚が浮いて空転するような走り方になっている。尋常ではないエネルギーをロスしていることが見て取れる。

その姿がターフビジョンでアップになるたびに場内がどよめく。

フリーランドから五馬身ほど後ろの中団の外目にソーグレイトがいて、さらに六、七馬身離れた最後方にインスティテュートがいる。

〈馬群は三コーナーに入って行きます。先頭はレッドタイトル。鞍上の手が動きはじめました。それに対して、二番手のフリーランドは引っ張り切りの手応えです〉

フリーランドに乗った三島が、手綱を引く力を緩めた。それだけでフリーランドは解き放たれたように加速し、並ぶ間もなくレッドタイトルを抜いて先頭に立った。あれだけムダの多い走りをしながら、たっぷりと余力を残していたのだ。

三島の手はほとんど動いていない。いや、動いていないどころか、まだ軽くではあるが、手綱を引いている。それなのに、二番手集団との差を見る見るひろげて行く。

「おい、あの馬は化け物だぞ」「ちょっとモノが違うな」

あまりの強さに、周囲の観客から驚きの声が上がる。

後続の騎手たちはみな大きなアクションで騎乗馬の首を押し、鞭を入れている。そうして少しでもフリーランドに近づこうとしているのだが、差はなかなか縮まらない。

序盤から飛ばしていたレッドタイトルは四コーナーで失速した。かわって、好位や中団にいた馬たちが進出してくる。その中にソーグレイトもいる。しかし、直線入口に差しかかったフリーランドからは七、八馬身遅れている。

〈フリーランドの三島騎手はまだ手綱を持ったまま。このまま圧勝するのか。いや、どうした？〉

急に実況の調子が変わった。〈またか？　まただー！　フリーランドが、またも四コーナーを回り切れず、直線入口で外へと膨れて行きます。このままでは外埒に激突してしまいます〉

スタンドから悲鳴が上がった。

フリーランドは直線入口で外埒沿いまで逸走し、速度を落とした。

三島が外埒にぶつからないよう手綱を引いたからでもあったが、それ以上に、自分で走るのをやめたように見えた。

その内から他馬が続々と追い越して行き、ゴールを目指す。

最後尾にいたインスティテュートにも追い抜かれると、フリーランドは後ろ脚で立ち上がっていなないてから、また走りはじめた。

〈逸走したフリーランド、どうやら落馬は免れたようです。しかし、致命的な差がついてしまいました。その間に、馬場の真ん中から伸びたソーグレイトが先頭に立ちました。ラスト二〇〇メートルを切りました。ここから中山名物の坂があります。ソーグレイトが抜け出した。大勢は決したか。いや、まだわからない。大外からインスティテュートがすごい脚で伸びてくる。まとめて前をかわしそうな勢いだ〉

池山の左ステッキを受けたインスティテュートが大きなストライドで猛然と追い上げる。一完歩ごとに前のソーグレイトとの差を詰めて行く。

「来い、インスティテュート！　追え、池山、追えーっ！」

太一は声を張り上げた。

「もっと来い、来い、差せーっ！」

隣に立つ若林も一緒に叫んだ。

二人の声が届いたかのようにインスティテュートはゴール前でもうひと伸びし、流れ込みをはかるソーグレイトをきっちり差し切った。

鞍上の池山が、左手でインスティテュートの首筋をポンポンと叩いて労っている。

勝ちタイムは一分四十七秒二。

太一の馬券は、単勝、馬連、馬単のすべてが的中した。

「おめでとう、太一！」

若林も姫乃も、自分のことのように喜んでいる。

「ありがとう。ところで、フリーランドはどうしたんだ」

ずっとインスティテュートを目で追っていたので、見失ってしまった。

「一応最後まで走り切ったぞ。ほら、リプレイが出る」

若林がターフビジョンを指さした。

インスティテュートが内のソーグレイトを首差くらいで差し切り、三馬身ほど遅れて三着馬が来て、さらに二馬身ほど遅れて四着馬が流れ込み、その後ろから入線した馬たちの一番外にいるのがフリーランドだ。道中のペースが速かったせいか、ずいぶん差がひらいての入線となった。

電光掲示板に一着から五着までの馬番が点滅している。

――おいおい、嘘(うそ)だろう。

五着のところに「14」という馬番が灯(とも)っている。

フリーランドの馬番である。

「あの馬、逸走してから五着まで巻き返したのか」

太一は目を丸くした。

「おれも最初は何かの間違いかと思ったよ。ある意味、化け物だな」

若林はそう言って、芝コースから検量室前へと戻って行くフリーランドを目で追った。大きく外に膨らんで距離をロスしたうえに、停止しそうになるほどスピードを落としたのだから、普通ならそこで競走中止になるか、よくても離れた最下位で入線できるかどうかだろう。そんな中で五着まで追い上げた。中山の直線が、東京より二〇〇メートル以上も短い三一〇メートルしかないことを考えると、驚異的と言うほかない。

電光掲示板の点滅が点灯に変わり、レースが確定した。

勝ったインスティテュートと二着のソーグレイトとの着差を見て、また驚かされた。

太一は首差くらいだと思っていたのだが、四分の三馬身の差がついていた。見た目以上に大きな差がついているということは、つまり、ゴールした瞬間のスピードの差がそれだけ大きいということだ。インスティテュートは、ちょっとだけソーグレイトをかわしたかに見えた次の瞬間、さらに半馬身ほども前に出て、着差をひろげていたのだ。

フリーランドが派手な暴れ方をしたので、ついそちらの化け物ぶりに目が行ってしまうが、インスティテュートもとてつもない能力を見せていた。ほかのすべての出走馬を凌駕（りょうが）する最高速に達したのは、ゴールする瞬間だった。そこから逆算してレースを組み立てた池山の騎乗も見事だった。

声を張り上げる自分の前をインスティテュートが通過したシーンを脳裏で反芻（はんすう）すると、

さっと鳥肌が立った。

太一が本命にしようか迷いながら、結局ヒモの一頭にしたレッドタイトルは着外に終わった。

ターフビジョンと場内のモニターに払戻しが表示された。

単勝五番は四番人気の千二百四十円、馬連二―五は六千八百円、馬単五―二は一万四千二百円と、思っていた以上の高配当になった。

太一が得た払戻しは、単勝が二万四千八百円、馬連が三万四千円、馬単が七万一千円で、合計十二万九千八百円。太一にしては大勝ちだ。

「帰りは三人で焼き肉だね」

姫乃の声を背中で聞いて、払戻しに向かった。

十万円以上の払戻しを受け取るのはいつ以来だろう。

払戻機から十二枚の一万円札と九枚の千円札がまとめて出てくるザッという音に、百円玉が八つ、硬貨受取口に落ちてくるチャリンという音が重なる。手にした札の厚みと、それを入れた折り畳み式の財布がパンパンになるところがたまらない。

スタートからゴールまでの一分四十七秒二という時間のすべてを読み切り、その対価としてこの金を手にした。これは圧倒的な勝者が敗者から巻き上げた賠償金のようなものだ。いや、時空の支配者に対する報酬というほうがマッチする。この感覚を一度味わってしまうと、もうやめられなくなる。自分が、世の中すべての事象を理解し尽くしたかのように思うこともある。

――ありがとう、インスティテュート。ありがとう、池山。

太一と「勝者の時間」を共有したインスティテュートは、これからもっと強くなるだろう。最終的な到達点は遥か上にある。まずはクラシック三冠競走の第一弾である皐月賞だ。騎手にとって、毎回レースで乗る馬を「お手馬(てうま)」というが、インスティテュートも今日から太一の「お手馬」だ。もちろん応援するが、必ずしも毎回いい状態で出走し、上位に来るとは限らない。調子の悪いときを見極め、この馬のせいで損をすることがないようにしたい。そうしないと、馬を恨むようになってしまう。

インスティテュートは、自分の前にいたフリーランドが直線入口で逸走する姿を目の当たりにしながら、動じることなく走り切った。そういうタフな精神力こそ、激しい争いとなるクラシックを戦い抜くうえで必要になる。

太一の選馬眼が正しかったことを、重賞初制覇によって証明してくれたインスティテュート。

そして、逸走しながらも掲示板に載るという、驚異的な走りを見せたフリーランド。

――この二頭は、これからも自分にとって特別な馬になるかもしれない。

そんなことを考えながら、表彰式が行われているスタンド前に行こうとしたら、奇妙な既視感に襲われた。

知っている人間が、払戻機のほうへ向かって行くのだ。

太一が勤めるさわやかフーズの社員である。

立花（たちばな）という、商品開発部にいる男だ。太一より十期ほど上で、役職は確かマネージャー、ほかの会社で言うところの課長だと思う。下の名前はわからない。

太一のいる事業部とはフロアが違うので、顔を合わせることはそう多くない。が、出世街道を歩む切れ者で、エリート風を吹かせる、いけすかない男だという噂（うわさ）を聞いた覚えがある。

メガネをかけ、鉄仮面のように無表情なのは会社にいるときと同じだが、ブルゾンにチノパンというスタイルは初めて見た。確か、東大卒だったはずだ。その経歴からしても、いかにも堅物（かたぶつ）という雰囲気の、この立花ほど競馬場が似合わない男も珍しい。空気のない星で、いるはずがない生き物を見つけたような気分になった。

立花は、手にした馬券と、窓口の上に並ぶモニターを交互に見ている。配当が表示されているので、彼もこのレースを的中させたのか。

競馬場に来たのが初めてだとしたら、払戻しのやり方がわからないのかもしれない。

立花はこちらに気づいていない。

声をかけようかどうしようか迷っていると、立花は、払戻機の列には並ばず、その横の窓口へと向かって行く。

太一はそう言いかけたが、立花は、窓口の中年女性に馬券を差し出した。破れたり汚れたりして、機械では読み取れなくなった馬券を払い戻すならその窓口でいいのだが、そうでなければ払戻機に行くよう言われるだけだろう。

しかし、窓口の女性は黙って奥に引っ込み、少し経って戻ってくると、何やら立花と話している。女性の横に警備員の姿も見える。立花が首を横に振ると、女性は微笑み、窓口から分厚い封筒を差し出した。立花はそれを素早くブルゾンの内ポケットに入れた。

そのとき思い出した。立花がいるそこは、高額な払戻金を受け取るための窓口でもあるのだ。払戻機で受け取れるのは百万円までだ。帯封つきの百万円の厚さは一センチだというから、立花は六、七百万円を受け取ったように見えた。首を横に振ったのは、競馬場の出口まで警備員を同行させようかという申し出を断ったのか。

立花がこちらに体を向け、歩いてくる。

太一は慌てて顔を伏せ、ほかの観客の背後に回って立花から隠れた。

どうして隠れなくてはならないのかよくわからなかったが、自分の払戻金を手にしたときよりドキドキしてきた。

天下を獲ったような気分がすっかり萎えた。代わって、重苦しい敗北感が胸の中にひろがっていく。立花に対する敗北感だ。いや、これは劣等感か。ドロドロした嫉妬と、嫌悪感混じりの。

立花がこちらに気づいたら、どんな態度を取るだろう。勝ち誇ったように口元を歪(ゆが)めて笑うのか。それとも、舞い上がって高笑いするのか。

いずれにしても、目を合わせたくない。子供のころ、目を合わせると魂を吸い取られる怪物が夢に出てきて、ひどく怖かったことを思い出した。

立花に気づかれないよう身をかがめ、空手の試合で相手の正拳突きをガードするように左手で顔を隠した。指の間から立花の位置を確認しながら、ほかの客を盾にして、ゆっくりと摺(す)り足で横に移動し、もうすぐスタンドの外に出ようかというとき、ポンと背中を叩かれた。驚いて飛び上がりそうになるのを我慢し、そっと振り返ると、若林が笑っていた。

「何をやってるんだ、太一。注目の的だぞ」

老眼鏡を鼻まで下げた老人や、親と手をつないだ女の子、恋人同士らしい若い男女が怪訝(けげん)そうにこちらを見ている。かえって目立ってしまったかもしれない。

「い、いや、会いたくない人を見つけちゃって」

「ん？　元カノでもいたのか」

若林が言うと、姫乃が太一の腕をつかんで人垣の外に引っ張り出した。

「どれが元カノ？　あの人、それとも、あっちの人？」

姫乃が二度目に指をさした先に立花の後ろ姿が見えたのでヒヤリとしたが、これだけ離れていればもう大丈夫だろう。

「違う、会社の人だよ」

太一が立花について、今さっき高額の払戻しを手にしていたことを含め、見たとおりに話した。すると姫乃は、

「なーんだ、つまんないの」

と口を尖らせ、若林は、

「別に隠れなくたっていいじゃないか」

と笑うだけで、立花が分厚い札束を受け取ったことに関しては何も言わない。一度も帯封、つまり、百万円以上の払戻金を手にしたことのない太一と違い、何度も受け取っている二人は、たいしたことではないと思っているのか。

「嫌な人なの？　パワハラしてきたり」

姫乃にそう訊かれ、首を横に振った。

「そうじゃないけど、見ちゃいけないものを見たような気がしてさ」

「つづきは焼き肉屋で聞こう」

姫乃の言葉に若林が頷いた。

「よし、天気がいいから、西船橋までオケラ街道を歩いてくか」

「いいね。ちょっと早いけど、お花見できるし」

「焼き肉で反省会するの、久しぶりだなあ」

二人でどんどん話を進め、まだウイナーズサークルで表彰式がつづいているのに、競馬場の南門へと向かって行く。

南門を出て、バス通りにもなっている県道松戸原木線と並行する歩道を二〇〇メートルほど南下する。そして突き当たりを斜め左、つまり、南東に向かう道が、通称「オケラ街道」である。といっても、どの道がそれと決まっているわけではなく、ここからJR西船橋駅方面に向かう道はどれもオケラ街道と言える。馬券で負けてオケラ（一文なし）になり、肩を落として歩く人々の流れについて行けばいいだけだ。

ここの桜並木は隠れた花見の名所だと太一は思っている。

競馬で桜というと、誰もが牝馬クラシックの桜花賞を思い浮かべる。桜花賞は四月初めに兵庫の阪神競馬場で行われる。阪神競馬場の桜並木はコース沿いにあり、ゲートを出た乙女たちの背後で華やかに咲く様が知られている。しかし、その桜並木はスタンドと反対側の向正面にあるので、観客は近くで見ることはできない。あくまでも、舞台に文字どおりの花を添える存在としての桜並木なのだ。

それに対して、中山競馬場のオケラ街道の桜並木は、競馬で負けてトボトボ歩くファンのために美しい姿を見せてくれる。桜花賞の時期は見ごろを過ぎて散りかけているのだが、それでも、絢爛という言葉がぴったりの豪華さでありながら、敗北感を癒す優しさに満ちているのである。

今は、姫乃が言ったように、まだ二分咲きといったところだが、ピンクの綿あめを大きく膨らませたように咲き盛る姿を想像しながら歩くのもまた楽しい。

二十分ほどで、西船橋駅に着いた。

駅に近い、三人で何度か来たことのある焼き肉屋で、ベルトを緩めないと苦しくなるほどたらふく食べて、しこたま飲んだ。

太一は三万円を出して釣り銭を受け取った。

——今ごろ、立花さんはもっと豪勢な祝杯を上げているのかな。

ふとそう思い、ため息が出た。

三　スーパーエリート

スプリングステークスの翌日の月曜日、恵比寿（えびす）のさわやかフーズ本社に出社した松原太一は、朝一番で、商品開発部にいる同期の香月弘人（かづきひろと）にメールを送った。

「おはよう。ウチの部で実施する試食イベントと連動しやすい新商品のアイデアについて、企画書に起こす前の段階で話をしたい。互いの近況報告や、世間話の延長から何か出てくるかもしれないし、久しぶりに昼飯でも一緒にどうだ」

そう書いたが、本当の目的はもちろん、香月の直属の上司である立花について、探りを入れるためである――。

昨日、中山競馬場からの帰りに、太一は、競馬仲間の若林和正と坂本姫乃と三人で西船橋の焼き肉屋に入った。

席につき、おしぼりとメニューを受け取るなり、若林と姫乃は、立花についてあれこれ訊いてきた。

「さっきの立花とかいう人は、お前と同じ部署なのか」

という若林の質問に太一が答える前に、姫乃が、

「あの人が競馬をするってこと、太一君は前から知っていたの」

と身を乗り出した。

競馬場にいたときは、二人とも、立花が大勝ちしたことを何とも思っていないような顔をしていたが、そうではなかったのか。

「何だよ、若も姫も、立花さんのことが気になっていたのか」

太一が言うと、姫乃が、

「当たり前じゃん」

と片方の眉を上げた。そして「ハーイ」と手を挙げて店員を呼び、自分と若林のビールと、下戸の太一のためのウーロン茶を注文した。

若林がメニューをめくりながら言った。

「おれだって驚いたけど、それをあの場で口にしたり、態度に出したりするのは、ちょっと違うんじゃないか」

「どういう意味？」

そう訊いた太一の目を、若林は真っ直ぐに見返した。

「勝負師の美学として、鉄火場では、他人の儲け話は聞き流すべきだと思うんだ。そう

しないと、自分の『構え』が崩れてしまうからさ」

「なるほどなあ」

と、太一は唸った。レースの格によって購入額を変えると「フォーム」が崩れるのと一緒で、勝負事においては、ブレない自分を保つことが大切なのだ。

太一の隣にいる姫乃も頷いている。

「うん。お金儲けをする場所で人の儲け方を聞くのって、何だか、その人の財布の中身を盗み見るみたいで、嫌だよね」

その後、インスティテュートは皐月賞でも勝ち負けになるか、フリーランドはなぜ逸走するのか、皐月賞を目指すほかの有力馬の状態はどうか、といった馬談義をひとしきりしてから、若林が言った。

「太一、例の立花氏について、レポートにまとめてくれ。柱は、立花氏の競馬歴と、馬券の買い方だ」

「それ面白そう」

特上カルビを七輪に載せた姫乃が言った。肉の脂が弾け、甘い匂いが太一の鼻先まで流れてくる。「お家でできる買い方なら、私も参考にしたい。仕事ができる人なのかも知りたいし、家族の情報もほしいわね」

とジョッキを空にする。おしとやかに見えるが、大食いで、酒豪なのである。

「どこまで調べられるかわかんないけど、やってみるよ」

「〆切はいつにしようか」

姫乃が言うと、太一は小さく唸った。

「うーん、皐月賞まででどうかな。トライアルを勝ったインスティテュートと一緒に、おれも本番まで頑張る、というコンセプトでさ」

「いや、それじゃあ遅すぎる」

と若林が首を横に振った。「できるだけ早いほうがいい。途中経過という形でも、今週中に見せてくれると嬉しいな」

「わかった、何とかする」

「楽しみー」

姫乃はそう言って、特上ロースを追加で注文した。これだけ飲み食いしているのに太らない体質らしく、腕も脚も折れそうなほど細い。

かくして太一は、立花に関するレポートを作成することになったのである。

太一と若林は学生時代から一緒に競馬場に来ており、馬友歴は十年以上になる。

しかし、姫乃とは、一緒に競馬を見るようになってからまだ三年ほどしか経っていない。いや、「ほど」ではなく、ちょうど三年だということに、太一は気がついた。三年前のスプリングステークスのパドックで、姫乃が、赤ペンでいくつものチェックの入った太一の競馬新聞を覗き込み、話しかけてきたことがきっかけで馬友になったのだ。

つまり、これは「姫乃との馬友三年記念レポート」でもあるわけだ――。


すぐに商品開発部の香月からメールの返信が来て、正午に一階のロビーで落ち合うことになった。

香月を誘い出す口実として、「試食イベントありきの商品開発の提案」という戦略を考え出したのだが、これは案外、モノになるかもしれない。イベントの形式や規模、会場、呼び込む客層などを先に設定し、それに合ったスイーツなり、健康食品なりを考えるというアプローチは、これまでのさわやかフーズにはなかったものだ。

太一が所属する事業部のプロモーション課では、試食イベントが業務の柱のひとつになっている。しかし、コロナが蔓延していた時期はほとんど実施することができなかった。そのぶんを取り返そうとばかりに、今年に入ってから、イベントラッシュがつづいている。

この企画が実際に動き出せば、当然、立花も関わってくるだろう。自然と接する機会が増えて、競馬に関する話を本人から引き出すことができるかもしれない。

若林と姫乃に見せるレポートをつくるだけなら、香月に「立花さんってどんな人?」とストレートに訊いてしまってもいいのかもしれない。が、競馬場という、エリートの立花には似つかわしくない場所で目撃してしまったことが引っ掛かっていた。香月に、どうして立花のことを知りたがっているのかと逆に訊かれた場合、立花が七百万円ほどの払戻しを受け取っていたことまで言ってしまって、はたしていいものかどうか。見てはいけないものを見てしまった、という意識が太一にはあった。

立花に関して香月に投げかける質問は、今日のところは最小限にしたほうがいいように思った。いくら互いをよく知る同期とはいえ、数カ月ぶりに一緒に食事をする相手に、自分とは業務上の接点がない上司についてあれこれ訊ねるのは、やはりちょっと不自然な気がする。

質問を最小限にとどめるためには、立花についての細かな下調べが必要だ。何につけても、太一は、入念な準備をしておかないと気が済まないタチなのである。それも、早め、早めに。「アバウト」とか「何となく」「ぶっつけ本番」という言葉が昔から大嫌いだ。性格が細かいので、自分から言わなくてもいつもA型と当てられる。

細かい性格は競馬の予想にも表れていて、コース、距離、馬場適性、斤量、着順・着差の推移、ローテーション、調教タイム、馬体重、厩舎、騎手など、検討し得る材料は必ずひととおりチェックする。理想は、それぞれを数値化し、合計した数値の高い馬から順に機械的に買っていけるようになることなのだが、なかなか難しい。例えば、着差に関しては、二着馬をコンマ五秒以上離して勝てば「五」、コンマ二秒からコンマ四秒までは「三」、コンマ二秒未満は「二」とし、騎手にも距離・コース別に持ち点をつけて数百頭のデータベースを作成したこともあった。が、手間ばかりかかって、あまり的中率は上がらなかったので、もっとシンプルにした。コンマ五秒以上離して勝ったレースがあれば、競馬新聞の馬柱の着差の数字を赤ペンで大きめに塗りつぶし、コンマ四秒までは小さな円で囲み、コンマ二秒までは短い下線をつける。騎手は、加点の大きくなるリーディング上位の十名ほどの名前の部分を、着差同様、大きめに塗りつぶすか、小さな円で囲むか、下線を引くことによってランク分けする。それらに、当日パドックと返し馬を見て赤ペンでチェックした評価を加え、馬柱の赤味が濃くなっている馬から買うようにしている。

もちろん、一番重要なのは的中させること、儲けることなのだが、同じくらい、自分を納得させることも大切だと太一は思っている。

立花に関するレポートも、たとえ、肝心なことはたいして引き出すことができなかったとしても、納得できるやり方で、事に当たりたい。

総務部人事課の後輩に、「今考えているプロジェクトに加わってもらうメンバーを選ぶうえで参考にしたいので、商品開発部と事業部セールス課の社員名簿のデータベースにアクセスしたい」と連絡した。事業部セールス課を加えたのは、それらしく装うためではあったが、実際に戦力になりそうな人間をチェックしたいという気持ちもあった。

本人の承諾が必要だとか、使用目的を上司に確認してからでないとダメだなどと面倒なことを言われたらどうしようかと思っていたら、後輩は、定期的に変更しているというパスワードをすんなり教えてくれた。

閲覧履歴が残る可能性も考えて、商品開発部と事業部セールス課全員のページにとりあえずアクセスしてから、立花のデータを閲覧した。

氏名　立花勝則（かつのり）　性別　男
生年月日　一九八〇（昭和五十五）年六月二十五日
現住所　千葉県船橋市若宮二丁目×-×
雇入年月日　二〇〇五（平成十七）年四月一日
業務の種類　商品開発
履歴　学歴　東京大学農学部獣医学課程卒業
　保有資格　獣医師免許
　生産技術部（二〇〇五年四月）、品質管理部（二〇〇六年四月）、調達部（二〇〇七年四月）、商品開発部（二〇〇八年四月）、同商品企画主任（二〇一〇年四月）、同商品企画リーダー（二〇一三年四月）、同商品企画マネージャー（二〇一七年四月）、同商品企画ディレクター（二〇二〇年四月）

備考　職務発明（二〇〇八年、二〇〇九年、二〇一二年、二〇一五年、二〇一六年、
　　二〇一七年、二〇一八年、二〇一九年、二〇二〇年）

太一は、マウスに当てた右手が軽く震えるのを感じた。

――すげえぞ、この人。

幹部候補の社員は入社してからいくつもの部署を短期間で異動するという話を聞いたことがあったが、立花はそのひとりなのか。

太一が入社する前のことだが、ペットフード事業への参入が決まり、獣医師免許を持つ研究者を盛んにヘッドハンティングしていた時期があったという。その流れで、新卒の獣医師免許保持者も採用したのだろう。

太一が入社した翌年、さわやかフーズの役職は、主任がチーフ、係長がリーダー、課長がマネージャー、次長がディレクター、部長がゼネラルマネージャーといったように、呼称が横文字になった。同時に部課名も横文字にしてはどうかという意見もあったようだが、例えば、総務を「ゼネラルアフェアズデパートメント」、営業部を「セールスデパートメント」などとするとわかりづらくなるだけなので、却下されたという。

立花は、年齢からしてマネージャーだと思っていたのだが、ディレクターになっていた。三十九歳でディレクターというのは相当なスピード出世だ。しかも、立花は六年制

の獣医学課程を出ているのだから、同い年のほかの社員より短期間のうちに昇進したことになる。

さらに驚かされたのは、備考欄にある「職務発明」の多さだ。これは、何らかの発明により特許を取得したことを示し、それだけ会社に利益をもたらしているわけだ。異例のスピード出世を果たしたのも頷ける。

噂に聞いていた以上のスーパーエリートだ。

立花に対する敬意に近い思いが、自然と胸に湧き上がってきた。

と同時に、会社を支えるスーパーエリートの華やかな経歴と、昨日、中山競馬場で高額の払戻しを受けた姿との間に感じていたギャップがますます大きくなっていく。

午前中の業務を済ませてロビーに降りた。ヨーロッパの地下鉄の改札風にリニューアルされたばかりのセキュリティゲートを抜けると、香月がベンチに座っていた。

「悪いな、香月。急に誘っちゃって」

行きつけの定食屋に向かいながら太一が言った。

「いや、おれもお前に訊きたいことがあったから、ちょうどよかった」

「何だよ、訊きたいことって」

「店に入ってから話すよ」

香月はそう言って、自分たちと同じように、ランチ営業をしている店へと歩く人間たちに目をやった。会社の人間には聞かれたくない話なのか。

「じゃあ、香月の話から聞こうか」

二人とも同じ海鮮丼を注文してから、太一が言った。

「実は、先月、彼女ができてな」

太一は、口に含んだお茶を噴き出しそうになった。

香月は同期で誰よりも女に縁がないと見られており、いまだに童貞という噂もあったからだ。

「それはよかったじゃないか。おめでとう」

と握手を求めそうになったが、さすがに失礼かと思ってやめた。「で、相手の女性はどんな人なんだよ」

「すごく純粋で、優しい子だよ。おれにはもったいないくらいの美人だし」

「お前にのろけを聞かされるとはな。どこで知り合ったんだ？」

「昔からお互いに知ってはいたんだ。友達の妹だから」

「なるほど」

「ただ、彼女と一緒にいても、話がつづかなくて困ってるんだ」

「共通の趣味とか、ないのか」

「そう、それなんだよ、お前に相談したかったのは」

「趣味についてか」

「うん。彼女、競馬が好きで、ときどき競馬場に行っているらしいんだ」

自分も競馬場で見かけた会社の人間について話を引き出そうと思っていただけに、驚いた。これは好都合なのか。

「香月は競馬をしたことはないんだっけ」

「まったくない。親がギャンブルなんてけしからんっていう考え方だから、テレビ中継もすぐにチャンネルを替えられてさ」

確か、香月の父親は地方都市の革新系の市議で、母親は教師だったはずだ。

「大丈夫なのか。おカタい両親に、競馬が趣味の彼女を紹介するってのは、かなりハードルが高そうだな。まあ、食いながら話そうぜ」

香月は本来食いしん坊なのに、海鮮丼にまったく箸をつけていない。

「いや、今のままじゃ、親に紹介できるところまで行けるかどうか……」

「彼女、『ウマ娘（むすめ）』について、何か言ってなかったか」

「何だよ、それ」

「少し前から流行（はや）り出したゲームでな。実在した名馬の名前をつけた女の子を、プレーヤーがトレーナーとして育てていく、っていうやつさ。カタカナの『ウマ』に漢字の

『娘』で『ウマ娘』。正式な名称は『ウマ娘プリティーダービー』だ」

太一が言うと、香月はジャケットの内ポケットから手帳を取り出し、「ウマ娘プリティーダービー」とメモを取った。

「うーん、そういえば、前にちらっと言っていたような気もするなあ」

「そうか。じゃあ、とりあえず、お前も『ウマ娘』をやってみろ。競馬の『け』の字も知らなかったのに、『ウマ娘』がきっかけで競馬ファンになったやつがたくさんいるんだ」

「ゲームか。数独（すうどく）とかスリザーリンクとかのパズルは好きなんだけど、そういうストーリーがらみのゲームはやったことがないから、つづくかなあ」

「彼女のためだと思ってやってみるんだ。で、わからないことがあったら、おれじゃなく、彼女に訊いてみろ。そこから話が膨らむかもしれないし、ときにはあえて男が女に頼る関係にするとプラスになることもあるんだ」

「そ、そうなの？」

「ああ。男は、ついカッコつけて、女に頼らせようとするけど、それにこだわりすぎると『面倒臭いやつ』と思われるぞ」

「なるほど、勉強になる」

香月は目を輝かせてペンを走らせた。「ウマ娘」を◎で囲み、その下に矢印をつけ、

「太一じゃなく彼女に質問」「男が女に頼ることも必要」と書いている。「さすが太一だ。経験豊富な人間のアドバイスには深みがあるよ」

「いや、それほどでもないさ」

　謙遜して言ったわけではなく、本当に、太一もたいして女性経験があるわけではなかった。ときにはあえて男が女に頼る関係にするといい——というのは、若林の言葉の受け売りだった。

　香月は急に食欲が出たらしく、

「うん、美味い。やっぱり海鮮丼は酢飯が合うね」

と、すごい勢いで海鮮丼を食べはじめた。生真面目で、裏表がない。そんな香月が太一は好きなのだが、女から見ると面白みがないと思われそうだ。彼女と上手くやっていけるか、心配になってきた。

「ゲームのことは彼女に訊けといったけど、リアルの競馬について、わからないことがあったら何でもおれに訊いてくれ」

「おう、心強いよ」

　そう言って箸を動かす香月は、直属の上司である立花が競馬場に出入りしていることを知らないのだろうか。知っていたとしても、結婚するかどうかもわからない彼女の趣味について、上司に相談するのは気が引けるのかもしれない。

「おれ以外に、周りに競馬が好きな人間はいないのか。先輩にも、後輩にも」

　太一が訊くと、香月は即答した。

「いないんだよ、これが」

「そうか」

　やはり香月は、立花が競馬をしていることを知らないようだ。立花は、競馬をしていることを周囲に隠しているのかもしれない。

「おれの話ばかりになったけど、太一の話もしようぜ。試食イベントの件だっけ」

「ああ、ここんとこイベントラッシュで、毎回まあまあ盛況なんだけど、ぶっちゃけ、そろそろ手詰まりなんだ」

「会場に持って行ける商品って、限られてるものな」

「そうなんだよ。で、イベントを主催するおれたちも、こんなことは言いたくないんだけど、そろそろ飽きてきている。既存の商品をイベントにマッチするように紹介するっていうアプローチは、もう限界だと思うんだ」

「なるほど」

「ほら、何年か前に出した『ふわふわチーズ』は、あれを生かすためのサンドイッチだとか、ハンバーグだとか、サラダの作り方の教室という形で、月に何回もイベントをやって、毎回抽選になるくらい人気があっただろう」

クリームチーズをホイップした「ふわふわチーズ」は、パッケージに「もっと美味しい食べ方」のQRコードをプリントしてサイトに誘導するなどの工夫が奏功して、なかなかのヒット商品になった。太一はつづけた。「『ふわふわチーズ』はたまたま料理教室型のイベントにマッチする商品だったけど、これからは、いかにイベントで紹介するのに適しているか、ということをプライオリティにした商品開発をしてもいいと思うんだ。もちろんすべての商品をそうする、という意味じゃなくさ」

「面白いアプローチだとは思うけど、ほら、去年、『インスタ映えするものを開発してくれ』と言われていろいろ試作品をつくったけど、上手くいかなかったじゃん」

「あれは、言い出しっぺのエグゼクティブが、インスタがどういうものかもよくわかってないのに見切り発車したからだよ」

さわやかフーズでは、役職名を横文字に変更したとき、「役員」も「エグゼクティブ」と呼ぶよう全社員に通達があった。

「でも、『インスタ映え』は絶対に必要な要素だよね」

「ああ。だから、これからは、開発サイドにもわかりやすいよう、具体的に注文するよ。例えば、試食イベントで、パウンドケーキの上に『ふわふわチーズ』の絞り器でクマのイラストを描いて見せたり、時間が経つと『ふわふわチーズ』が最初はドロリと溶けて、さらに少し経つと固まるところを見せたりする。その動画を、イベントの参加者がSN

Sで発信することによって、口コミでのひろがりを狙うんだ。もちろん、おれたち自身でも拡散するし、否定的なコメントのチェックなどもしなきゃならないけどさ」

「そうか。コロナの自粛が習慣になって、みんな、大人数で集まるとか、長い時間一緒にいることに飢えてるものな」

「うん。そういうことに使える商品をつくれたら、面白いじゃん」

「おれも、マッチしそうな既存の商品で思い浮かぶのは『ふわふわチーズ』くらいだけど、上司に相談してみようかな」

　と香月は胸の前で腕を組んだ。

　立花のほうに話を持っていくタイミングはここしかない、と思った。

「やっぱり、相談するとしたら、立花さんあたりか」

「どうして立花さんなの」

　香月が怪訝そうな顔をする。

「い、いや、それは……」

「まあ、確かに、『ふわふわチーズ』の絞り器の口金の形状や、『クッキーの想(おも)い』の製法、『夜更かしポテト』のパッケージの特許なんかは、全部あの人のアイデアだもんな。あと――」

　と香月が挙げた商品名を聞いているうちにクラクラしてきた。さっきデータベースで見た「職務発明」の欄には、特許を取得した年次しか書かれていなかった。だから、何を指しているのかわからなかったが、ここ数年の太一の給料のほとんどは、立花のおかげで出ているといってもいいほどだ。商品開発部が他部署に先んじて年功序列を廃止し、能力主義を取り入れたのも、立花が主導したからだという。

「聞けば聞くほど、立花さんって、すごい人だな」

「うん、そうだね」

香月は頷いた。

が、どこか煮え切らない。

「それだけ実績のある人なら、伺いを立てる上司としてベストじゃないのか」

「まあ、そうなんだけど」

明らかに様子がおかしい。

「何か不都合でもあるのか」

「いや、ちょっと型破りな人だし」

「ひょっとして、個人的に上手く行っていないのか」

「そうじゃないんだ。ここだけの話だぞ」

香月は意を決したように顔を上げて周囲を確認し、声を落として話しはじめた。

話を聞いている間、時間が恐ろしく早く流れた。

気がついたら、昼休みが終わろうとしていた。

店を出て、会社に戻るまで、太一はひと言も発しなかった。

そのくらい、考えさせられる内容だった。

自分の席に戻ってからも、尻と椅子の座面との間にふにゃふにゃしたものが挟まっているようで、頭の中も、視界に入ってくるパソコンのモニターも、壁も、メモ用紙も、同僚の顔も、ぐるぐると回っているようで、気持ち悪かった。

「立花ディレクターに対する妬みから、誰かが流したデマかもしれないぞ」

香月は何度もそう言った。

太一もそうかもしれないと思う。

いや、そうだと思いたい――。

三年前から、さわやかフーズでは社員の副業が認められるようになった。

それを機に、立花は投資会社を創設した。取得した特許のロイヤリティーを報酬として得ていたので、もともと億単位の資産があった。その資力を生かし、さわやかフーズと、同業他社の株を買いはじめた。特に、さわやかフーズの自社株の取得に力を入れ、今や、全体の十パーセントほどを所有する大株主になったという。

立花が株式投資を始めた時期と、彼の「職務発明」がパタッと止まった時期が一致している。

金融商品取引法では、その会社の株価に影響を与える重要な事実を知って、それが公表される前に株式などの売買をするとインサイダー取引とみなされる。違反すると、五年以下の懲役もしくは五百万円以下の罰則、またはこれらの併科となり、それによって得た財産は没収される。

さわやかフーズの株価は、立花の「職務発明」による商品のヒットで大きく跳ね上がったことが何度もある。

つまり、立花は、自社株の価値を操作し得る立場にいたわけだ。そのままの状態で自社株を売買すると違法とみなされる可能性があるため、自社株を買いはじめてからは職務発明をしなくなったらしい。

いずれにしても、四十代前半の一社員がこれほどの力を有してしまった現状を、エグゼクティブの大半を占める創業者一族は憂慮しているようだ。

立花は、いずれ確実にエグゼクティブになると見られているが、チェアマン（会長）とプレジデント（社長）、そしてヴァイスプレジデント（副社長）は、例外なく、創業者一族が歴任している。現状では、いかなるスーパーエリートの立花でも、シニアマネージングディレクター（専務）か、マネージングディレクター（常務）止まりだ。

それを理不尽に感じ、一足飛びにトップの座を狙おうと考えたのか。

そこまでなら、立花の気持ちもわからないでもない。

問題は、立花が会社を支配しようとする動機だった。

それが周囲に知られるきっかけとなったのは、立花がディレクターに昇進したころ、同じ商品開発部にいた女性社員が自殺未遂をしたのち、退社したことだという。まだ入社三年目だったが、派手な顔立ちで、大人びた美人だった。家族のことで悩んでいたと太一は聞いていたのだが、どうやら、立花と不倫関係にあったらしいのだ。

悪事というのは、ひとつ出てくると芋づる式に露顕するもので、昨年まで太一と同じ事業部にいた女性社員も立花と関係があったという。

きわめつきは、さわやかフーズと同程度の規模で、急成長している「未来堂食品」の社長、大橋未来との関係だ。大橋は、美人経営者としてたびたびテレビの経済番組にゲスト出演したり、新聞紙上の座談会に出席したりしている有名人だ。若くして会社を築き上げたスーパーウーマンで、獣医師免許を持つ変わり種ということは太一も知っていたが、立花の東大の後輩なのだという。

その大橋と立花が、少し前から、銀座や赤坂の高級料亭で密会を重ねているらしい。

立花は、さわやかフーズを我が物にして、捨てた女たちを力と金で黙らせ、大橋と組んで業界再編を目論んでいる――。

それが香月から聞いた、立花に関する噂の概要である。

太一の中で、立花に対する敬意が大きく膨らんでいただけに、ショックでもあり、裏切られたようにも感じた。胸の奥にドロドロしたものが渦巻き、立花に対する嫌悪感と敵意が鎌首をもたげてきた。それは悲しみを伴う敵意だった。

自分がなぜこんな気持ちになるのか。香月から聞いた話を反芻して、その理由に思い当たった。

太一は今年、ちょうど入社十年目になる。ようやくチーフになったばかりで、会社に対して立花のように大きな貢献もしていないし、会社側から有り余るほどの報酬や庇護(ひご)を与えられているわけでもない。

それでも、太一は、誰が何と言おうと、さわやかフーズが好きなのだ。

同族会社にありがちな緩さは温かさでもあるし、大手のような大々的なキャンペーンを展開できないぶん、機動力で何とかしようという気概を、みなが持っている。

太一は、さわやかフーズの一員であることに誇りを抱いている。単なる「愛社精神」というもの以上の思いが、胸の中で年々大きくなっている。

そんなさわやかフーズを、功労者である立花が、自分の尻拭いと出世欲のために食い物にしようとするなんて……事実だとしたら、悲しすぎる。

女に関する噂がでっち上げだったとしても、自社株を十パーセントも所有してどうするつもりなのだろう。

太一にとって、会社は尽くすものとまでは言わないが、自分を守り、育ててくれるものであり、生かしてくれるもの、やり甲斐を与えてくれる存在だ。自分のものにしようなどと考える対象にはなり得ないだけに、立花という人間が、得体の知れない怪物のように思われてきた。

若林と姫乃と約束したレポートは、現時点でもそれなりに書けそうだ。

いや、「立花と競馬」というメインテーマについては、まったく材料がない。回りくどいことをせず、直接対決するしかない。

敬意が敵意に変わったことにより、レポートのことがなくても、さわやかフーズの社員として、立花とは話をしなければならないという思いが強くなった。

だが、相手は、自分の何十倍、何百倍も頭がいい怪物だ。

鼻で笑われてお終いかもしれないが、それならそれで仕方がない。

当たって砕けろ、だ。

四　コンタクト

松原太一が、商品開発部にいる同期の香月から立花勝則ディレクターに関する話を聞いたのは、スプリングステークス翌日の月曜日のことだった。

週末に開催されるＪＲＡの競馬場を主戦場としている太一にとって、月曜日は、一週間の区切りとなる大切な日である。土日に行われる特別レースの登録馬が、想定騎手とともに掲載される競馬週刊誌「週刊競馬ブック」と「週刊ギャロップ」が、昼休みにはキオスクやコンビニに並ぶ。どちらも税込み七百五十円。「ブック」と呼ばれている前者は創刊から半世紀以上経ち、後者は一九九〇年代に創刊された後発だ。

ネットの競馬ポータルサイトでも、特別レースの出馬表や、出走馬に関するニュースなどを確認できるのだが、競馬に関する情報収集と情報整理は、紙媒体を「主」とし、ネットを「従」としたほうがスムーズに進む。レース当日に使う競馬新聞にしても、血統や重馬場(おもばば)の巧拙、コース適性などを手早く確かめたいときは紙のほうが一発で視認できる。ただ、過去の戦績などは、紙だと前五走ほどしか載っていないので、遡(さかのぼ)って調べたいときはネットにアクセスする。太一に限らず、ほとんどの競馬ファンが、こんなふうに紙媒体とネットを併用しているはずだ。

また、ツイッターでも、ＪＲＡや地方競馬の主催者のほか、メジャーな厩舎や調教師、騎手、調教助手、厩務員、馬主、生産者、スポーツ新聞のレース部、競馬評論家、競馬記者、競馬タレントなどのアカウントをフォローしている。厩舎関係者のツイートでは、競馬場では見られない競走馬の普段の姿——ＧＩホースが調教後に馬体を洗われて目を細めたり、カイバ桶を揺すりながら美味しそうに飼料を食べたり、厩舎前でゴロンと横になって砂浴びをしたりしている画像や動画が見られる。馬券の検討に直接役に立つわけではないが、しばしば時間を忘れて見入ってしまう。

自身のツイッターアカウントは「@taimatsukeiba」。太一の「タイ」と松原の「マツ」を組み合わせた。ハンドルネームは「まっちゃん」だ。この「taimatsukeiba」は、プライベートで使うＧメールアドレスでも、ブログのアドレスでも使っており、すべて太一のものであることを示しながら、統一感を出している。

ブログをアップすると、すぐに更新情報がツイートされるようにしてある。以前、予想コラムで二週連続万馬券を的中させたら、それまで二百人ほどしかいなかったフォロワーが一気に十倍になった。それからも少しずつ増え、現在は三千人ほどのフォロワーがいる。一般人としては多いほうだろう。

週明けにひとりで昼食を取るときは、コンビニで「週刊競馬ブック」と「週刊ギャロップ」を仕入れ、食べながら読んでいる。今日のように誰かと一緒にランチしたときは、夕刻、帰宅途中にコンビニかキオスクで二誌を買い、家でじっくり読む。しかし、さすがに今日は、土曜日に中山で行われるGⅡの日経賞と、阪神で行われるGⅢの毎日杯の出馬表から読み取れる情報も、日曜日に中山で行われるGⅢのマーチステークスのそれも、そして、中京で行われるGⅠの高松宮(たかまつのみや)記念のそれさえも、中身が頭に入ってこなかった。

——スーパーエリート・立花勝則の野望か。

競馬の予想に集中しようとしても、香月から聞いた立花の話が蘇(よみがえ)ってくるのだ。

太一は冷蔵庫から、先週の土曜日につくって鍋ごと保存してあるカレーを取り出し、少量の牛乳を加えてコンロで温めた。同時に、炊きたてをラップに包んで冷凍してある白米をレンジに入れ、そよ風に髪をなびかせる女の子のイラストが描かれた白い皿を食器棚から取り出す。さわやかフーズの試食イベントで、参加者に配っていた、会社のロゴ入りの皿である。

「頭が混乱しても、腹は減る。これはきっといいことだ」

そうひとりごち、「カレーの恋人」というサブタイトルのついたさわやかフーズ製の福神漬けをご飯に山盛り載せて、上からルーをたっぷりかけた。

ルーが流れて福神漬けが見えてくるまでをスマホのカメラで撮影し、短い動画をツイッターにアップした。添える言葉は「手製のカレー」、ハッシュタグは「#自炊」だけと、あえてシンプルにする。見る見る「いいね」の数が増えていく。レストランの高級料理をツイートするより、こうした生活感のある動画や写真のほうが、何倍も多くの「いいね」とリツイートが見込める。

「いただきます」

手を合わせて、カレーを頬張った。寝かせたカレーはコクが出て美味い。一緒に口に入れる福神漬けまでいい味になったように感じられる。食べながら腹が鳴る。腹が鳴っているのを自覚しながら美味いものを口に放り込む。この幸福感がたまらない。

スプリングステークスを当てた直後も、今と同じぐらいか、それ以上の幸福感に満たされていた。十三万円近く、正確には十二万九千八百円もの払戻しを手にして、天にも昇る心地だった。ところが、立花は、その五十倍以上と思われる巨額の払戻しを涼しい顔で受け取っていた。

ギャンブラーとして、立花は、自分より遥かに格上だ。サラリーマンとしては、さらに途方もなく大きな差がついている。

——それがどうした。自分とあの人を比べる必要はない。比べるな。

しばらく胸の中で「比べるな」と繰り返すうちに、劣等感や敗北感が薄れ、やがて消え失せた。

――立花さんは、あくまでも「仮想敵」だ。自分と比較すべき存在ではない。

今度は、「立花さんは仮想敵だ」と小さく声に出して繰り返した。「立花さんは仮想敵だ。仮想敵だ。比べるな。羨ましがるな。あの人は仮想敵なんだ。そう、仮想敵だ」

太一の拠り所であり、所属していることに大きな安堵感と幸福感を覚える、大好きなさわやかフーズを我が物にしようとしている巨悪。それが立花勝則だ。どんなに強くても、立ち向かう覚悟を固めるしかない。

ふつふつと闘志が湧いてきた。

子供のころ、空手の試合の前、体の大きな上級生が相手で恐怖に震えそうになると、太一は自分の言葉で自らを鼓舞しつづけた。「怖くない。怖くないぞ。怖がっているのは向こうだ」と繰り返すうちに震えがおさまり、本当に相手が怯えているように思い、イメージどおりに体が動き、勝つことができた。中学生くらいになると、数秒間目を閉じて呟くだけでそれができるようになり、高校生になったときには、体内のスイッチをオンにすれば、瞬時に戦闘モードに切り替えられるようになった。

大学三年生の秋を最後に久しく組手をしていないので、スイッチのありかはおろか、スイッチがあることさえも忘れていた。それを今思い出した。今の自分にも確かにスイッチはある。へその下の「丹田」という部分に軽く力を込めればオンにできる。

スイッチを入れた。ほぼ十年ぶりだ。戦うべき相手が目の前にいないときにスイッチが入ると、腹の底で渦巻く闘志はそのままに、気持ちが静かになる。

立花には、この精神状態で対峙すべきだろう。

太一はデスクトップパソコンを立ち上げ、新商品に関する企画書づくりのつづきを始めた。不思議なもので、仕事の効率が上がると、合間に行う競馬の予想作業もスムーズに進むようになる。「週刊競馬ブック」と「週刊ギャロップ」の日経賞の出馬表のページをひらき、パソコンで競馬ソフト「TARGET」を立ち上げた。有料サービスのJRA-VANと組み合わせて使うことで、例えば、このレースと同じ条件で好成績をおさめている馬をピックアップしたり、騎手ごとのコース成績を調べたり、出走馬同士の過去の直接対決の結果を抽出したりと、さまざまなアプローチから検討することができる。

企画書の骨子が固まり、日経賞と毎日杯とマーチステークス、そして、高松宮記念で軸にすべき馬が何となく見えてきたときには、午前三時を回っていた。

その二日後、水曜日の午後、太一は、新商品の企画書を、事業部プロモーション課の直属の上司であるリーダーとマネージャーに共有ファイルの形で提出した。「試食や料理教室などのイベントに適している」ということをファーストプライオリティにした新商品である。企画書には「商品開発部と部署を横断したチームをつくりたい」と明記し、さらに、立花に対するサインではないが、少しでも興味を惹くため、イベント開催の候補地に、JRAと地方の競馬場を加えた。

この企画書は、商品開発部の各課のマネージャーに共有される。

実現できそうだと評価してくれるマネージャーがひとりでもいれば、上役の立花の目に触れるだろう。自分ではまずまずの内容に仕上がったと思う。企画書のための企画書ではなく、太一が望んでいるイベントと商品のアウトラインを描き出すことができているはずだ。

企画書を提出してから一時間ほど経ったとき、デスクの電話が鳴った。

受話器を取った。予期せぬ相手からの内線電話だった。

「商品開発部の立花だ。松原君か？」

低いが、よく通る声が聞こえてきた。

何と、「敵」が向こうからアプローチしてきたのだ。

「あ、はい、お疲れさまです」

「別に疲れちゃいねえよ」

見かけと話し方がずいぶん違う。

「失礼しました」

「失礼したのか」

「いえ、それほどでも」

「ハッハッハ、それほどでもと来やがった。面白い男だ」

外観は堅物のエリートで、話し方は下町のオッサンだ。ただ、言葉づかいは乱暴なのに、不思議と偉そうな感じがしない。

香月が「型破りな人」と言ったのは、こういうところか。

「企画書の件でしょうか」

ほかに思い当たることがなかった。

「そうだ。来られるときに来てくれ」

一方的に電話が切れた。

わざとおかしなことを言って、相手を試しているのだろうか。空手でも、こういう向き合い方をする対戦相手や先輩がいた。彼らはみな、強かった。

短時間の電話だったのに、どっと疲れた。脇の下から嫌な汗が流れている。

来られるときに来い、というのは、「今すぐ来い」という意味だろう。

太一はタブレットを手に、商品開発部に向かった。

商品開発部のあるフロアでエレベーターを降りて、ふと立ち止まった。

――そもそも、おれはどうして立花さんに会いに行くのだろう。

名目上は、提出した企画書についての打ち合わせだ。しかし、イベントに使うための商品開発というのは、立花と自然に接触する機会をつくるために考え出したものだから、順番が逆だ。

最初は、若林と姫乃に提出する、立花に関するレポートのためだった。が、それはあくまでも遊びの域を出ないものだし、今となっては主目的という感じがしない。

自社株の買い占めに関して、事実関係を確かめるためか。それも大いに気になるところではあるが、自分が知ったところでどうなるのか。仮に買い占めが事実だとしても、自分が問い詰めたり、やめさせたりすることができるとは思えない。

それでも、会わなければならない、という気持ちが強い。

立花勝則という人間に興味を抱き、会ってみたいと思っていることは確かだが、そういう浮ついた気持ちではない。

とにかく、立花に会うこと、対峙することが、自分——ひとりの男としてなのか、ギャンブラーとしてなのか、社会人としてなのかはわからないが——にとって、絶対に必要なことであるという、確信めいた思いに突き動かされているのだ。

商品開発部に入ると、窓を背にした二つの席のうちの手前側に立花が座っていた。

同期の香月を探したが見当たらない。ボードを見ると「取手(とりで)」とある。茨城県取手市にある工場に行っているのだろう。

太一は、左手でそっと丹田に触れてスイッチを入れ、立花の前に立った。

「立花ディレクター、事業部の松原です」

「おう、早えな」

そう言ってパソコンを見ていた目を太一に向け、顎で奥の会議室を指し示した。

失礼します、と言いそうになったのを抑えた。また、どんな失礼をしたのかと突っ込まれるだけだ。太一は、立花と、隣に座るゼネラルマネージャーに黙礼し、会議室に入った。

テーブルの前に立って待っていると、立花が両手にコーヒーの入ったプラスチックカップを手に入ってきた。ミルクと砂糖も太一の前に置き、笑った。

「いらなければ言え。おれが飲むからよ」

「いえ、いただきます。ありがとうございます」

上役にこんなことをしてもらったのは初めてだったので、戸惑った。

「この部では、女性社員にお茶を淹れさせるのをやめさせたんだ。必要だと思うやつが自分で用意すりゃあいいことだからな。勤続年数が長いだけのオッサンより仕事のできる女性社員は何人もいる。彼女たちを生かせねえか？」

急に質問されて、一瞬、何のことかと思った。立花は、太一が提出した企画書の内容について話を始めていたのだ。

「はい。そうした女性社員に、『開発者』として試食イベントなどに来てもらうと、面白いですね」

「そう。よく、生産者の顔が見える農産物が話題になるじゃねえか。道の駅なんかで売られてるやつだ。実際は独力でひとつの商品を開発することなんてないんだが、言い出しっぺや、開発責任者になったやつに『私がつくりました』って目立つバッジをつけさせて、イベントに行かせるのさ。ここ数年の調子じゃ、そのほとんどが二十代、三十代の女性社員になるぞ」

「ものすごくSNS向きだし、いいと思います。これなら企画も通しやすく——」

と言いかけた太一の言葉を立花が遮った。

「もう通してある」

「え？」

「おれが決裁した。イベントに使える商品を開発したやつにはインセンティブを払う。五十万円も出しゃ十分だろう。で、イベントに出るたびに五万円の手当てだ。金が出るとなると、そこらで暇こいてるオッサン連中も張り切るぞ。不公平感がないよう、お前ら事業部の人間がイベントに来た場合も日当を出す。商品開発部のそれよりは安くなるが、我慢しろ」

そう言って小さく笑う立花が、何人もの女たちを手玉に取ったというのは本当のことのような気がしてきた。

自信に溢れ、決断が早く、実行に迷いがない。乱暴だが、表面には出さないようにしている優しさが伝わってきて、男の太一でさえも吸い込まれそうになる。

それに、「メガネをかけたエリート」というイメージが強くて気づかなかったのだが、俳優のように整った顔をしている。アングロサクソンの血が入っているかのように彫りが深く、ディーン・フジオカがメガネをかけたらこんな感じになるのではないか。

太一はふと違和感を覚えた。入れたはずの体内のスイッチが、いつの間にか切れているのだ。一度スイッチをオンにすると、勝敗が決するか、自分でオフにしない限り、ずっと入りつづけているはずなのに、どうしたことだろう。勝負は終わった、と、太一の闘争本能をつかさどる神経が判断したのか。だとしたら、勝ったのはどっちだ？　わからない。が、ともかく、今はもう戦うべきときではない。

立花がつづけた。

「お前に出す企画料は十万円だ。それでいいか」

「いや、いいも何も、もらえるなんて思っていませんでした」

「これを機に、企画書のコンペを始めることにした。今回のお前のように通れば十万円。ディレクター以上の検討案件にまで残るだけでも一万円だ。お前もこれで終わりにしないで、今後もどんどん出してこい」

「はい！」

「商品開発部で年功序列を取っ払ったのは知ってるな」

「ええ」

それを押し進めたのは立花だと、先日、香月から聞いていた。

「何人かの女性社員が、通例より早く昇進している。入社した年度に結構な差があるから、まだ逆転現象は起きてねえがな」

「この企画の成果次第では、先輩たちを追い越す人が出てくるかもしれませんね」

「ああ。五、六年先に入社した連中を、年内に差し切りそうな女性社員が三人いる」

「そ、そうなんですか」

立花が『差し切り』という競馬用語を使ったのでドキリとした。

「面白いレースになるぞ。ウオッカが二〇〇七年のダービーを勝ったころから『牝馬の時代』と言われるようになっただろう。牝馬が強いと、牝牡(ひんぼ)混合GⅠが盛り上がることに加え、生産界の牝系(ひんけい)が充実する。それによって、日本の競馬界全体のレベルが底上げされる。そうなると、次の時代でも面白い競馬がつづく。人間界も同じだ。女が強いと、会社全体に勢いがつく。競馬に詳しいお前ならわかるよな」

「は、はい」

太一が競馬好きだということは社内の一部には知られているが、まさか立花にまで伝わっているとは思わなかった。

立花はニヤリとして、声を落とした。

「日曜も中山にいたな」

「え、いや、その……」

唇が震え、しどろもどろになってしまった。

「あれで隠れたつもりか。余計に目立ってたぞ」

と言う立花が、中山競馬場で太一の存在に気づいたということは、その前から太一の顔を知っていた、ということだ。驚きが大きすぎて、息が苦しくなってきた。

「すみません」

「何で謝るんだ。別に、社則でギャンブルが禁じられているわけじゃねえだろう。もしそうなら、おれはとっくにクビだ。まあ、おれが競馬をやることを知ってるやつは、そう多くねえがな」

「ハ、ハハ、ハ」

笑おうとしたが、上手く笑えなかった。

「スプリングステークスの馬券、お前も獲ったのか」

「はい、勝ったインスティテュートを軸にしていたので」

「あの馬を選んだ根拠は」

「パドックの気配と、返し馬の動きがいいと思いました」

「左前脚の球節の手術痕は気にならなかったか」

そう言った立花が獣医師免許を持っていることを、太一は思い出した。

「いえ、気づきませんでした」

「調べたら、育成馬時代に手術をしたというから、一年以上経っている。そのわりに傷口が新しく見えて、薬を塗っているのがわかったもんだから、資金をケチっちまった」

と立花は顔をしかめた。

「それでも、すごい額の払戻しでしたね」

「馬単を五万円で七百十万円の払戻しだ。あの傷が気になったうえに相手を絞り切れなかったもんだから、五万ずつ五頭に流すだけにしておいたんだ」

口ぶりからして、毎週のように、数万円、数十万円を賭け、数百万円の払戻しを手にしているようだ。

「傷が気にならなければ、どのくらい買っていました？」

「あの日は手持ちが二百万円しかなかったから、傷の件がなかったとしても、三十万か四十万かな」

もしインスティテュートとソーグレイトの馬連を四十万円買っていたら、二千七百二十万円もの払戻しを手にしていたことになる。大魚を獲り逃したというのに、それほど悔しそうではない。「獲った、獲られた」の大勝負を繰り返している本物のギャンブラーならではの余裕なのか。

「一般席であんなに高額の払戻しを受け取ると、目立ちませんか」

「だから、ちょくちょく違うところで受け取るようにしているのさ。指定席や馬主席の高額払戻窓口の近くにはマル査が張りついてる、って噂があってな。おれはお目にかかったことはねえが、元々国庫納付金を払って馬券を買ってんのに、二重で国に金を払うなんざ、バカらしいじゃねえか」

　馬券の購入額の二十五パーセントが控除され、うち十パーセントが国庫納付金として主催者から国に納められる。払戻しに充てられるのは、控除された残りの七十五パーセントである。ゆえに、馬券は構造的に勝てないようにできている、とよく言われる。

「ディレクターは、最高でどのくらいの払戻しを受け取ったことがあるんですか」

　答えてくれないのではないかと思いながらも、訊いてみた。

「三千万円台だ」

「そ、そんなに⁉」

「競馬場でときどき見かける馬主連中に比べたらかわいいもんさ。一千万単位だと、裏口に案内されて警備員をつけられるだけだしな。これが、二億、三億という払戻しになると、後日、競馬場の場長室に招かれて、アタッシュケースごと受け取るらしいぞ」

　そう言って目を細めた。口ぶりと表情には、スーパーエリートのイメージには似つかわしくない危なっかしさが滲んでいる。

　立花がズズッと音を立ててコーヒーを飲み干し、つづけた。「皐月賞でもインスティテュートから買うのか」

「そのつもりだったんですが、さっきディレクターから球節の手術痕の話を聞いて、少し不安になってきました」

「この前の走りからして、問題ねえだろう。皮膚に炎症を起こしただけだ」

「ディレクターも、あの馬を買いますか」

「買い目には入れる。出走馬の中で、三着以内に入る確率が最も高いことは間違いないからな。それでも、軸にするつもりはねえ」

「じゃあ、軸はどの馬に？」

　太一が訊くと、立花は椅子の背もたれに後頭部を預け、目を閉じた。数秒後、ゆっくりと目を開け、答えた。

「フリーランドだ」

「え、どうして……、ですか」

　驚いた。去年のホープフルステークスでも、先週のスプリングステークスでも中山競馬場の四コーナーで逸走した、あのフリーランドを軸にするとは。

「まあ、条件次第だがな」

「いや、あの馬はもう、中山ではまともに走ることはできないでしょう」

「どうしてそう言い切れる。ホープフルステークスの前のジュニアカップも中山の二〇〇〇メートルだったが、ちゃんと走って、二着をぶっちぎったじゃねえか」

「まあ、そうですけど」

「現時点で、普通に走れば、フリーランドはインスティテュートより二、三馬身は前にいるぞ」

　立花は断言した。

　太一はしかし、そう認める気にはなれなかった。

「いや、フリーランドは確かに強い馬ですけど、ぼくは、インスティテュートのほうが上だと思っています。それに、フリーランドは三週間の出走停止処分を食らったから、皐月賞に間に合わないんじゃないですか」

　三月第三週のスプリングステークスで逸走したフリーランドは、四月の第二週の日曜まで出走停止処分を受けた。停止期間満了後、平地調教再審査を受け、それに合格して初めて次のレースに出走できるのだが、停止期間満了から皐月賞まで一週間しかない。

　立花が表情を変えずに言った。

「この中間しっかり乗り込んで、時計を出しておき、皐月賞の週に調教再審査を受ければ十分間に合う」

「時計を出す」とは速いタイムの調教をすることで、「追い切る」とほぼ同じ意味だ。「中間」とはレースの合間のことを言う。

「レース週の本追い切りはどうするんですか」

「予定どおり水曜日に、調教再審査を兼ねてやればいいのさ。調教再審査では、コーナーをちゃんと回れるか、直線で真っ直ぐ走れるかをチェックされる。ということは、平地の周回コースで実施されるわけだから、いつも追い切りをしているウッドチップコースでやればいい。それでもまだ追い足りなければ、坂路をサッと上がればいいだろう」

「再審査と追い切りを兼ねるなんて、許されるんですか」

「お前、あの馬のオーナーと管理調教師が誰なのか、知らないわけじゃねえだろう」

と、立花は口元を歪めた。

「オーナーは岸田権蔵で、調教師は岡本一馬ですよね」

「岸田は中山馬主協会の会長で、岡本は日本調教師会の関東本部長だ。ＪＲＡも強くは出られねえし、マスコミだって好き勝手書くわけにはいかねえ。競馬ってのは、ただのスポーツじゃねえ。巨額の金と思惑が動く興行なんだ」

「だとしても、無理に皐月賞を使わず、ダービーに向かったほうが馬のためにはいいんじゃないですか」

「お前、おれの話を聞いてなかったのか」

「いや、えぇっと、聞いてなかったというのは、どの部分でしょう」

「岸田が中山馬主協会の会長だってことだよ。あの男は、先代、つまり、親父さんも中山馬主協会の会長だったんだ。だから、所有馬で中山の有馬記念と皐月賞を勝つことに執念を燃やしている。調教師の岡本は、騎手時代、中山に厩舎を構えていた調教師に弟子入りし、引退間際までその厩舎に所属していた。あいつも、ダービーより皐月賞を勝ちたいってクチだろう」

現在、ＪＲＡの競走馬は茨城の美浦トレーニングセンターと滋賀の栗東トレーニングセンターの厩舎に集められている。それら東西のトレセンができる一九七〇年代までは、東京、中山、京都、阪神といった各競馬場の敷地内の厩舎で競走馬が管理され、競馬場のコースで調教されていた。

「いずれにしても、フリーランドが皐月賞に出てきたら、今度は人気薄でしょうね」

「ああ、単勝二十倍はつくだろう。だからこそ狙い目なのさ。おっと、もうこんな時間だ。会社でこんなに競馬の話をしたのは初めてだよ」

そう言って笑う立花と、互いにＬＩＮＥの友だち登録をしてから、太一は商品開発部をあとにした。

——これでよかったのか。

エレベーターホールに出て、ふと思った。

立花と話すことはできたが、女性関係や自社株の買収といった「疑惑」に関しては、何ひとつ明らかにすることはできなかった。女性関係については太一の知ったことではないという気もするが、自社株については、いずれ確かめなければならない。

それにしても、妙な気分だ。対決するつもりで丹田のスイッチをオンにしたのに、いつの間にかオフにされ、途中からは会話を楽しく感じていた。

会社を大切に思う太一の気持ちは変わっていない。なのに、会社を食い物にしようとしている立花に対する嫌悪感も敵意も消えてしまっていることに、自分でも戸惑いを覚えてしまう。

ともかく、立花がいわゆる「人たらし」と呼ばれる人種であることは間違いない、と思った。

五　レポート

立花と初めて話した翌日の木曜日も、太一は、呼び出されて商品開発部に行った。そのとき、商品開発部内の商品企画室に所属する三人の女性社員を紹介された。立花が、「五、六年先に入社した連中を差し切りそうだ」と言っていた若手たちだ。三人とも何となく見覚えはあったが、名前と顔が一致していなかった。みな、太一の企画に興味を示してくれて、太一も非常に気分がよくなった。こんなふうに部下をやる気にさせるところも、立花の人たらしとしてのテクニックなのか。

その夜、若林と姫乃に立花についてのレポートを送った。自社に関するデリケートな情報も含まれているので、セキュリティ面を考え、競馬関連の連絡に使っているグループLINEで共有する形ではなく、メールにファイルを添付し、つづけて解凍パスワードを送る形にした。

立花の出自や家族に関しては、甘納豆などを製造販売する東京都内の和菓子店の長男で、十年ほど前に食品業界の関係者と結婚したということしかわからなかった。

かなり長いレポートになったので、返信が来るのは明日以降だろうと思っていたら、まず、姫乃から三十分ほどで返信が来た。

「私の大好きなおやつをたくさん開発したエリートさんが、職場でそんなに競馬の話をするなんて、面白いね。この人、皐月賞ですっごい勝負するつもりじゃない？　太一は典型的な『巻き込まれ型』だから、気をつけて」

それを読んだ太一は、

「なるほど、巻き込まれ型か」

と呟いた。姫乃の指摘は当たっている気がする。子供のころも、そして今も、太一は自分から積極的にアクションを起こすほうではない。にもかかわらず、例えば、高校時代、自分は空手部の主将だったのに、気がつけば、不祥事で廃部に追い込まれた卓球部の復活運動のリーダーに担ぎ上げられていた。「松原君が学校のやり方に怒っている」「太一が卓球部の部員を思って泣いていた」と、まったく身に覚えのないことが噂になり、署名運動の発起人になったり、学校に出す抗議文に「文責・松原太一」と記されたりと、面倒な役割を押しつけられた。

今回も、若林にレポートを書くよう言われなければ、同期の香月を呼び出したり、立花の目に入ることを意識した企画書を書いたりしなかっただろう。

翌日、金曜日も出社したら立花からメールが入っており、商品開発部で昼前に打ち合わせをすることになった。電話やメールで済ませてもよさそうな用件だったが、会える相手とは直接話すというのが立花のやり方らしい。

打ち合わせを終え、エレベーターホール手前にある商品企画室の前を通りかかると「松原さん」と呼びかけられた。

前日紹介された女性社員のひとりが席を立ち、小さく会釈した。

伊藤優奈(いとうゆうな)という、太一より四、五歳下の社員だった。もらった名刺にはチーフという肩書が入っていた。太一と同じ役職だが、四、五歳若いうちにチーフになっているのだから、実質的には追い越されている。立花風に言うと、差し切られているのだ。

美人だが、銀縁のメガネのせいか、一見、ちょっと冷たそうな感じがする。しかし、少し鼻にかかった声は意外なほどやわらかかった。

「今回の企画、いつごろまでにスタートできればいいと思います?」

ちょうどそれについて立花と話したところだった。

「秋には一発目をやれるといいね。目標としては、十月初めくらいかな」

「よし」

と、優奈は右の拳を握りしめた。

「どうしてガッツポーズするの」

太一が訊くと、優奈は頬を赤くし、握っていた右手をひらいて口に当てた。

「私もそのくらいのイメージで考えていたので、やった、と思って」

ずり落ちてきたメガネを人さし指で持ち上げ、笑顔を見せた。

考えていた時期が一致しただけで嬉しそうにする。そんな彼女を見ていると、太一まで明るい気分になってきた。

「ぼくは、イベント会場や、参加者のターゲットを詰めて行くから、こまめに情報を共有しながらやっていこう」

「はい、お願いします!」

見た目と違って、案外熱くなりやすいようだ。

その日の午後も立花に呼び出された。太一の直属の上司である事業部プロモーション課のリーダーに断りを入れて席を立つと、

「熱心だねぇ」

と皮肉っぽい口調で言われた。

「はい?」

熱心に仕事をして何が悪いんだという意味で太一が訊き返すと、リーダーは首をブルブルと横に振った。

「い、いや、何でもない」

このリーダーは、部下のやることにいちいち口を出すわりに責任を取ろうとしないし、

ミスでもしようものならいつまでもネチネチと責めつづける。おかげで太一たちは細部まで注意して仕事をするようになったのだから、まったく無能というわけではないのかもしれないが、好きか嫌いかといえば、大嫌いだった。

「すぐ戻ります」

相変わらず嫌な男だと思ったが、エレベーターを降りて商品開発部に入ったときにはすっかり忘れていた。コロナ禍が深刻だったころは他部署への出入りが制限されていたのだが、今はこうして普通に行き来できる。大げさかもしれないが、その「普通」の現実を享受していることを実感するだけで幸せな気分になれるのだった。

夕刻、帰り支度をしてスマホをひらいたら、若林からメールが来ていることに気がついた。レポートを送ったことに対する返信だった。

「大変興味深いレポートだった。太一が、ある種、特別に高いテンションで一気に書いたことが伝わってきた。しかし、ひとつ、大きな疑問点というか、おそらく情報の誤りと思われるところがある。それに関しては、おれもまだ確証を得られておらず、今もリサーチ中だ。明後日（あさって）、日曜日には何らかの答えを提示できると思う。中山のメインはマーチステークスだ。行くよな？」

誤りって何だ、と首を傾（かし）げながら、「行くよ」と若林に返信した。

会社を出てすぐのコンビニで競馬専門紙「日刊競馬」と「競馬ブック」を買った。どちらもいわゆる「競馬新聞」で、一般紙よりずっと薄いのに五百円と、競馬をしない人ならびっくりするほど高い。

「競馬ブック」は毎週月曜日に発売される「週刊競馬ブック」と同じスタッフによる当日版だ。予想家ばかりでなく、全体の語調もレイアウトも同じなので、余計なことに気を取られず予想に集中できるのがいい。競馬歴の長いベテランは、当日版と区別するため「週刊競馬ブック」を「週報」と呼んでいる。

百四十円で買えるスポーツ新聞にも競馬面があり、その八ページほどだけ抜き取れば専門紙のように使うことができる。野球やサッカーなどほかのスポーツの記事も載っているので、スポーツ紙のほうが得なように思われるが、調教タイムや厩舎関係者のコメントなどの情報量では専門紙がスポーツ紙を圧倒している。専門紙二紙を土日に買えば、それだけで毎週二千円が飛んでいく。さらに競馬週刊誌二誌で毎週千五百円。サラリーマンには安くない買い物だが、良質な情報にそれなりの金を出すことが緊張感につながるし、カチッとした紙質の専門紙を手にすることによって、ギャンブラーとしてのスイッチが入るという部分もある。

二紙のうちひとつを「競馬ブック」にしているもうひとつの理由は、同紙が圧倒的なシェアを誇る関西地区に遠征したときのためだ。他紙の馬柱は縦にレイアウトされているのだが、ブックだけは横並びになっている。関西では「ブックの予想者たちの印がオッズを決める」とまで言われており、このスタイルに慣れておくことが必須なのだ。

真っ直ぐ帰宅して部屋着に着替え、キッチンに立った。

夕食は、グラタン用につくって冷凍させたホワイトソースの残りをマカロニにからめて、濃厚なクリームパスタにした。「#自炊」のハッシュタグをつけてツイートすると、面白いように「いいね」が増えていく。

腹がくちくなったところで、コーヒーを飲みながら、毎週金曜日か土曜日の夜にアップしている予想ブログを書いた。以前は週末に行われるすべての重賞の予想をアップしていたのだが、今年になってから、ひとつのレースに絞ることが多くなった。その影響か、的中率も回収率も去年までよりよくなっている。今週は、土曜日の日経賞、毎日杯、日曜日のマーチステークス、高松宮記念と四つの重賞が行われる。この中から選ぶとしたら、普通はGⅠの高松宮記念にするだろうが、勝ちそうな馬を数頭ピックアップしたものの、どうも自信がない。ならば、最も予想に自信のあるレースにすればいい。となると、日曜日に中山ダート一八〇〇メートルで行われるマーチステークスだ。若林と姫乃のスケジュールにもよるが、自分が現地で観戦するのもマーチステークスだけになるだろうから、臨場感のある「答え合わせ」を楽しめるという意味でもこれにすべきだ。

本命は、今回が初のダート戦となる牝馬にした。芝で頭打ちなのでダートを使われるのだが、前脚でかき込むような走法は明らかにダートのほうがいい。おそらく単勝は十五、六倍で、五番人気か六番人気あたりだろう。いつも思うのだが、競馬というのは、こうしてあてでもない、こうでもないと言いながら予想する時間がとにかく楽しい。書き終えて、ツイッターでも更新情報がアップされたのを確かめたとき、やけに「通知」が多いことに気がついた。内容を見ると、フォロワーが五百人ほど増え、三千五百人を超えていた。先週、スプリングステークスの買い目を最終的に決めたのは返し馬を見てからだったが、ブログにも「軸はインスティテュートかレッドタイトル。フリーランドは切る」と書いたのだった。

ユーチューバーのように、閲覧数に応じて広告収入が入るわけではないのだが、それでも、フォロワーが増えると気持ちに張りが出る。

今しがた送信したツイートの「いいね」とリツイートの数も、目で追えないほどの勢いで増えていく。フォロワーから太一への@ツイートを見てみると、「おめでとうございます」だとか「ありがとうございます」といったお礼のメッセージが、五分や十分では読み切れないほど多くなっている。そのうちいくつかは、当たり馬券や、ネット投票での的中画面のスクリーンショットなどをアップしている。

それらを見た人が、また新たなフォロワーとなって増えていくのだ。

三月最後の日曜日、中山競馬がハネたあと、太一と若林と姫乃は、先週と同じ道を西船橋へと歩いていた。

よく晴れているのは先週と同じだが、眺めはまるで違っていた。道沿いの桜並木がちょうど見ごろの八分咲きで、薄いピンク色の雲のような花の重なりを見せている。

オケラ街道と呼ばれるこの道を歩く人のほとんどは足どりが重そうだ。しかし、太一は西船橋まで二十分ほどの道のりを、ランニングと腕立て伏せを繰り返しながら行ってもいいような気分だった。

先週のスプリングステークス同様、メインのマーチステークスで十万円以上のプラスを計上したのだ。

歩きながらスマホでツイッターを見ると、祝福とお礼の@ツイートが百件以上来ており、フォロワーが四千人を超えていた。

背中を押す西からの風までも心地いい。

「毎週焼き肉じゃあ飽きちゃうから、今日はイタメシにしよう。いや、中華でもいいかな。とにかく、コロナ禍の真っ最中は自粛していた、シェアできるやつがいいよな」

太一が言っても、若林も姫乃も答えない。

理由はわかっていた。そんなことより、二人は早く立花の話をしたいのだ。本当は、今すぐにでもしたいのだが、「鉄火場で他人の財布の中身について話すのは品がない」というギャンブラーとしての嗜みから、我慢しているのだ。このオケラ街道も、鉄火場の延長だからと黙っているのだろう。

西船橋駅北口の、武蔵野(むさしの)線のガードに近いイタリアンレストランに入った。まず、太一がジンジャーエール、若林がビール、姫乃がスパークリングワインを注文し、ウエイターが下がると、姫乃と若林が、

「立花さんは――」

と声を揃えた。

ハモってしまったことに照れたように、若林は姫乃に手を差し出した。

「姫からお先に」

「じゃ、遠慮なく。私が訊きたかったのは、立花さんは今日、中山競馬場に来ていたかどうかっていうこと」

太一は、LINEにメッセージが入っているか確かめてから答えた。

「うーん、何も連絡がないからわかんないなあ。立花さんの自宅は徒歩圏内だから、ぶらっと来てた可能性はあるけどね」

「ふーん」

と頷いた姫乃は、飲み物を持ってきたウエイターに料理の注文を始めた。グリーンサラダに鮮魚のカルパッチョ、生ハムメロン、自家製ベーコン、ミックスピザ、スパゲッティボロネーゼとカルボナーラ、チーズフォンデュ、アクアパッツァ……と、ひとりで

どんどん決めていく。

それだけ頼んでもまだメニューと睨めっこをしている姫乃を横目に、若林が言った。

「次はおれからの質問だ。立花さんは、自分で投資会社を設立する前、何か副業をしていたのか」

「そのへんはよくわからないけど、たぶん、してないと思う」

「もうひとつ。立花さんは、人を騙したり、不正をしたりするような人間か、そうでないか。膝を交えて話して、太一はどう感じた」

「そういうことはしない人だと思う」

太一は即答した。

「根回しや駆け引きに長けているかどうかは？」

「うーん、例えば、こっちの人とあっちの人に違うことを言って、少しずつ周囲を説得しながら意見をまとめていく、といったことも得意じゃなさそうというか、しない人だと思うな」

「なるほど」

「どうしてそんなことを訊くんだ」

「実は、太一のレポートに書かれていたことに関して、おれもできる範囲でリサーチしてみたんだ。以前、うちがさわやかフーズのテレビＣＭのコンペに参加したときの担当者にそれとなく訊いてみたりしてさ」

　大手広告代理店は、クライアントになり得るメーカーがあれば、商品そのものについてのみならず、その商品が販売されるに至った経緯や担当者のほか、そのメーカーの歴史や社風、給与体系、福利厚生の予算や施設なども丹念に調べる。さらに、担当者はそのメーカーへの訪問や接待を繰り返し、社内の派閥の有無や力関係、役員の家族構成や趣味、ときには借金の有無まで探る。それはつまり、切り崩し方を見極めようとする作業でもあるのだ。

「立花さんが不正をやらかしたという情報でもあるのか」

　立花に畏敬の念を抱きかけている太一は、少しムッとして訊いた。

「いや、逆に、それがないからお前に訊いたのさ」

「どういう意味だ?」

「立花さんが設立した『立花キャピタル』が、さわやかフーズや同業他社の株をある程度持っているのは事実だ。それは調べた。けど、株価をチェックしたら、家賃になるかどうかも怪しい程度の利益しか出そうにない。いくら異例の出世街道を進むエリートとはいえ、サラリーマンとしての収入だけであれだけの株を買いながら、資金を循環させていくのは無理じゃないか」

「それは、あの人が何度もやってきた職務発明による収入で――」

と言いかけた太一を若林は手で制した。

「おれがメールに書いた疑問点はそこなんだ。調べたところ、さわやかフーズが職務発明をした社員に支払っているのは、売上げに準じて上がっていくロイヤリティーではなく、定額の一時金らしい。それも、百万円に満たないものがほとんどで、よくても三百万円ほどだって聞いたぞ」

「え、そうだとしたら、ひどいな」

立花のアイデアで生まれたヒット商品「クッキーの想い」の製法や、「ふわふわチーズ」の絞り器、「夜更かしポテト」のパッケージの特許などによって、さわやかフーズは何億円、何十億円という利益を得ているはずだ。

「太一のレポートに出てきた、同期の香月君だっけ。彼も、周りの人も、職務発明をしたことがなくて、それで、いくらもらえるかの詳細を知らないんじゃないか」

若林の言うとおり、香月はおそらく職務発明をしたことがない。あったとしても、製法の一部に関わるものなどで、ヒット商品に直結するものではないだろう。

「でも、だったら立花さんは、どうやって、株の買収資金を集めたんだろう」

「それは、太一が先週見たとおりじゃないのか」

「ん？」

と首を傾げた太一の向かいで、姫乃が声を上げた。

「馬券かァ！」

「ああ、それ以外に考えられないだろう」

姫乃の隣で若林が頷き、ピザに手を伸ばした。

太一は話に夢中になってほとんど食べていなかったので、カルパッチョを食べようと思ったら、皿は空だった。ベーコンもひと切れしか残っておらず、ほかの皿もだいたい半分以下になっている。見かけに反する大食いの姫乃がひとりで食べたようだ。

残っていたベーコンは、チップの風味が香ばしく、ものすごく美味かった。これをもうひと皿頼もうかと迷ったが、結局、ロールキャベツとスペアリブを追加注文してから、ひとりごつように言った。

「立花さんが、馬券の払戻金で、うちや、同業他社の株を買っているということか」

型にはまらず、太一にはとても太刀打ちできない頭脳の持ち主である立花ならやりかねない、という気がする。

その一方で、馬券の払戻金などという、きわめて不安定なものに頼るのは危ないとも思う。会社の金に手をつけたとか、不正経理をしたなどとして捕まる人間の多くは、競馬をはじめとするギャンブルで金を失って悪事に手を染める。ギャンブルで儲けた金で大株主になった人間なんて、聞いたことがない。

「太一の会社は、間接的に競馬ファンに支えられているんだね」

姫乃が、テーブルに置かれたばかりのスペアリブを手に笑った。

「若の仮説が正しいとしたら、そう言えなくもないな」

「立花さんがどうやって馬券の狙い目を決めるかについては訊かなかったのか」

と、若林が、スペアリブの皿を姫乃の前から太一の前に移しながら訊いた。

「訊かなかったけど、話した感じでは、若のサイン馬券とか、姫のオッズバランスみたいに特別な買い方があるわけじゃないみたいだな」

「太一と同じく、オーソドックスなスタイルか」

「だと思う。ただ、獣医師の免許を持っているだけあって、目のつけどころが細かいというか、変わってるな」

「レポートにあった、インスティテュートの球節の手術痕もそのひとつか。獣医というのは、基本的にはネガティブチェックを重視するわけだろう。どこがいいのか、ではなく、どこか悪いのか、を探していくというやり方。ただ、太一のレポートを読む限り、立花さんはそういうタイプじゃないように感じるな」

「うん、逆のタイプだと思う。欠点がたくさんあっても、ひとついいところがあればそれを大きくとらえる人だろうね」

太一自身は、意識しないとネガティブチェックばかりしてしまうタイプだ。何かを評価するとき、例えば、自動車のディーラーで新車に試乗するとき、シートは固すぎないか、走行中に異音はしないか、頭上スペースは足りなくないか——と、つい、悪いところを探そうとしてしまう。そして、特に欠点がなければ、それがいいモノだとみなしてしまう。日本語には「文句なし」「非の打ち所がない」「言うことがない」「無欠」など、「悪いところがない＝最良」とする表現が多いのも、太一と同じようなとらえ方をする日本人が大多数であることを示しているのではないか。

しかし、そういう見方をしていては、いつまで経っても、飛び抜けた能力を持つ存在に気づくことができない——と、競馬をしているうちに考えるようになった。

若林がビールを追加注文してから言った。

「生産者や調教師に言わせると、獣医が『いい』と言う馬は、脚の格好や歩き方には何の問題もないから故障はしないけど、レースに行くと、さっぱり走らないんだってさ」

脚が曲がっておらず、球節や腱が熱を持つこともなく、繋と呼ばれる球節の下の部分も立ちすぎず、寝すぎず、蹄は薄すぎず、蟻洞と呼ばれる穴があくこともなく、健康であっても、それが高い競走能力につながるかというと、そうではない。

「逆に、突出した能力のある馬は、すごい負荷が体の一部にかかって、脚の格好が悪くなったり、癖のある歩き方になったりするのかもな」

「逆もあるかもよ」

それまで食べることに集中していた姫乃が口を開いた。「そういうアンバランスな体形だからこそ、体の一部だけに負荷のかかる、特別な力の出し方をできる、ってこともあるんじゃない？」

「なるほど。確かに、『平成三強』と呼ばれた三頭のうち、スーパークリークもオグリキャップも脚が曲がっていたというし、もう一頭のイナリワンも、軽く走っているときはガッタガタで、加速するにつれて走りがなめらかになったというから、立ち止まっているときの体の形は関係ないのかもな」

そう話した若林は、心酔する高本公夫の著作をはじめ、昭和から平成にかけての競馬関連の書籍を読みあさっているので、昔の名馬に詳しいのだ。

姫乃が言った。

「いずれにしても、立花さんは、馬を見る目があるから、太一の会社の大株主になるぐらいプラスを出しているんでしょう。そういう特別な目を持った人が、どうして、レース中にコースアウトばかりするフリーランドを軸にするのか、興味あるな」

「そのへんは訊かなかったのか」

若林に訊かれ、太一が答えた。

「うん。時間もあまりなかったし」

「何かヒントになることは言ってなかったの」

「しいて挙げるとしたら、レポートに書いたように、馬主と調教師が中山で大きなレースを勝ちたがっているってことかな」

「でも、そんな関係者、ほかにもたくさんいるじゃん」

「そうだよなあ」

「じゃあ、引きつづき、太一。そのへんのレポートも頼むぞ！」

そう言って若林は、ビールのグラスを空にした。

六　エグゼクティブ

翌週も、月曜日、火曜日、水曜日と三日つづけて立花から呼び出され、商品開発部で打ち合わせをした。伊藤優奈を含む商品企画室の三人の女性社員も一緒だった。

太一が企画を出してから一週間しか経っていないのに、実施に向けて、いくつもの重要事項が決定していた。まず、試食イベントを十月一日から始めること。今月中にそのイベントの名称を決めること。イベント会場は、太一が提案したように全国を回るサーカスと、固定した会場の二本柱にすること。その固定した会場は、さわやかフーズの自社ビルの隣にあるビルの、来月から空室になる一階のスペースであること——などが正式に決まった。いや、立花が決めた、と言うべきか。

「ほら、テレワークをつづけている企業がまだ結構あるから、都心のオフィスが空きはじめてるだろう。その流れで、隣にあったティー何とかっちゅうIT関連の会社も出て行くことになって、家主が慌ててな。格安で借りられることになったから、イベントをするとき以外は、こうした部署を横断したミーティングなんかに使えるスペースにするつもりだ。真ん中をぶち抜く廊下の斜め向かいにチェーンのカフェがあるから、テイクアウトして飲み食いしながら打ち合わせできる」

そこは太一もよく行く店だった。立花の言う「ティー何とか」は「ティーバリュー」という会社で、確かに、入口にちょっと手を加えれば、いかにも小洒落たイベントスペースという雰囲気になりそうだ。

「キッチンと、調理スペース、大型冷蔵庫なども設置してもらえるんですね」

太一が言うと、立花は頷いた。

「ああ。ほかに用意してほしいものを言ってみろ」

「女性のメイクや、ネイルアートなどにも使えるテーブルと椅子だと嬉しいです」

三人の中で一番若い女性社員が言った。

「カラオケができるようにするのは無理ですか」

と、もうひとりが言い、優奈がつづいた。

「託児スペースみたいなものをつくったり、ペットを連れてきても大丈夫なようにしても面白いと思います」

「検討しておこう。本当は、同じビルの四階も借りられたんだけどな。ちょうどここと同じ高さだから、壁をぶち抜いて空中回廊みたいのを通せねえかって訊いたら、無理だって言われてよ。しょうがなく一階にしたんだ」

ジョークではなく、本気で交渉したようだ。

ずっと優奈たちも一緒だったので、なかなか立花と競馬について話すチャンスはなかったのだが、水曜日の打ち合わせが終わったあと、会議室で二人きりになった。

「先週は中山競馬場に行かれなかったのですか」

太一が訊くと、立花は首を横に振った。

「いくら近くに住んでるからって、毎週行ってるわけじゃねえよ。家族サービスをしなきゃなんねえときもあるし、この年齢になると、親や親戚の具合が悪くなって手伝いに駆り出されたりと、いろいろあってな」

立花から生活感のある話を聞かされると意外な感じがした。

「家族で競馬場に行かれることはないんですか」

「あるわけねえだろう。仲間と一緒に行った時期もあるにはあったが、いつの間にかひとりになってたな。お前くらいの年齢のときは、ひとりでしょっちゅう関西に遠征してたし、休みを取って凱旋門賞とブリーダーズカップを見に行ったこともあったよ」

凱旋門賞は毎年十月の初めにフランスのパリロンシャン競馬場で行われる世界最高峰のレースだ。ブリーダーズカップは「アメリカ競馬の祭典」と呼ばれるイベントで、十一月の初め、二日間にわたってひとつの競馬場で十以上のGIが一気に開催される。立花は、ブリーダーズカップを観戦したあとケンタッキー州に足を延ばし、サラブレッド生産牧場を回ってきたこともあるのだという。

サラブレッドの生産や育成など、競馬の根幹を支えている部分にも目を向けているあたりも、立花らしいと思った。

もっといろいろ競馬の話をしたかったのだが、太一が、皐月賞を見に行くのか訊いても、ため息をついて首を捻(ひね)るだけで、何も答えてくれなかった。

昔の話は楽しそうにしてくれるのに、今の競馬について話すのは、なぜか気乗りしないようなのだ。

翌日の木曜日、出社して一時間以上経っても珍しく立花から連絡がないと思っていたら、予想もしていなかった相手――総務部の総務課長に相当するマネージャーからメールが来た。

できれば今日中に太一と面談したいので、都合を知らせてほしいという内容だった。

十五時から取手工場と、札幌、仙台、名古屋、大阪、福岡の各事業所とのオンラインミーティングが入っているだけなので、その前なら何時でも大丈夫だと返信した。

すぐに、午後一時に総務部の総務課に来てほしいと返信が来た。承知しましたというメールを、直属の上司である事業部プロモーション課の嫌味なリーダーと、その上のマネージャーにもCCで送った。

――総務課がおれに何の用だろう。

さわやかフーズの総務部は、創業者一族である沢井家の人間が多くいることから「沢井部」とも呼ばれている。特に、総務課はほとんどが沢井家で占められ、太一にメールをしてきた総務課のマネージャーも沢井という姓だった。

総務部というのは、その名称からして業務の範疇が曖昧で、それゆえ、あらゆる分野の細かな雑務までこなす超多忙の部署となっている会社もあれば、ほとんど重要な業務はなく、給料泥棒の集まりの部署となっている会社もある。

さわやかフーズの「沢井部」は、典型的な後者である――と言いたいところだが、総務部の中には人事課や秘書課のほか、施設課、情報通信課、契約課、知的財産課、教育課、ジェンダー課、コンプライアンス課など、多くの部署がある。社会情勢の変化に合わせ、新たな業務が出てくるたびに課を新設しては、沢井家の人間が最も多く集まっている総務課の負担を軽くしていると言われている。

同じ総務部でも、総務課以外の部署の者たちはかなりの仕事をこなしているので、「沢井部」とひと括りにされるのを不快に思っている部員もいるようだ。

太一がため息をついて顔を上げると、同じ島の端に座るリーダーも、その向こうにいるマネージャーもこちらを見ていた。二人とも、すぐに目を逸らせた。

事業部は社内でも比較的大きな部署で、太一のいるプロモーション課のほか、マスコミ対応などをするパブリシティ課、広告代理店との折衝や共同事業を行うセールス課などがある。それぞれかつては広報部と宣伝部だったのだが、太一が入社した翌年に行われた大規模な組織改革によって事業部に統合された。

パブリシティ課とセールス課の年齢が近い連中にも、太一が立ち上げた企画を一緒にやらないかと持ちかけているのだが、どうも反応が鈍い。

「いや、面白そうだし、やりたいんだけど……」

と、みな同じように言葉を濁す。「けど……」のあとには、どうやら、「上の人間がいい顔をしないから」という言葉が省略されているようだった。

もともと部署を横断しての業務はそれほど多くなかったので、それは仕方がないのかもしれないが、ほかにも気になることがあった。

太一が企画書を提出し、立花と会った先週の水曜日から、同じ部署の人間、特に上司が、どうもよそよそしいのだ。

今回の太一の企画に関して、たとえ嫌なやつでも、直属の上司を飛ばして他部署の上役とダイレクトにつながっているという印象を周囲に与えるのは、その上司にとっても立花にとっても、そして太一にとってもよくないだろうからと、ちょっと部屋を出るときにもリーダーに逐一報告するよう気をつけている。

そういうときも、ほかの社員が耳を澄ませている気配が伝わってくるのだ。

昼休みが終わり、リーダーに総務部に行くと告げると、

「そうか、わかったよ」

と、セリフを棒読みするような言い方で頷いた。

ここ数日は、得意の皮肉攻撃がまったくなくなっているのも気持ち悪かった。

総務部は、役員室が集まっているエグゼクティブフロアのすぐ下の七階にある。エグゼクティブフロアに近いと、総務課の創業者一族が「身内」にそっと接触しやすいし、エグゼクティブにつく秘書課の人間たちにとっても便利なのだろう。

総務課に入ると、奥のデスクで窓を背にした沢井マネージャーがすっと立ち上がり、満面の笑みを浮かべた。

「おおっ、松原君、忙しいところすまないねェ」

口を利くのは初めてのはずだが、ひどく親しげに話しかけてきた。面長で、鷲鼻（わしばな）の目立つ風貌は、創業者一族の沢井家に共通するものだ。

「いえ、それで——」

ご用件は、と訊こうとした太一の背を沢井が押し、部屋の外に出るよう促した。

沢井は、太一が来たのとは逆方向に廊下を歩き、突き当たりのドアのリーダーに社員証をあて、ロックを解除した。

ドアを抜けると、空気が違った。いや、違うのは、匂いと眺め、そして足の裏の感触だった。ハーブティーのようでもあり、消毒薬のようでもあるこの匂いは、外車のディーラーでもかいだことがある。廊下の両脇はダークブラウンの板壁で、足元には臙脂のやわらかなカーペットが敷かれている。一度、間違って入ってすぐに警備員に追い出された、競馬場のスタンド上階の馬主席の床も、こんな感じの踏み心地だった。

突き当たりにあるエレベーターは、地下のガレージにつながっているのか。建物のこちら側にエグゼクティブが使うエレベーターがあるらしいと聞いたことはあったが、見るのはこれが初めてだ。

そのエレベーターの手前にある、廊下と同じ臙脂のカーペットが敷きつめられた階段を上った。

沢井は、ヴァイスプレジデント（副社長）の部屋の扉をノックした。電子ロックが解錠されるカチッという音がして、ドアが少し内側に開いた。

おそらくマホガニーと思われるデスクの手前に応接セットがあり、奥のソファにヴァイスプレジデントの沢井正光が座っている。

チェアマン（会長）の沢井光彦、プレジデント（社長）の沢井久光に次ぐ、さわやかフーズのナンバースリーだ。会社の行事のときや、オンラインの社内報などで顔は知っているつもりだったが、こうして間近で見ると、太一の隣に立つ総務課マネージャーの沢井をそのまま十歳か十五歳ほど年を取らせたかのように、よく似ている。年の離れた兄弟か何かだろうか。

「君が松林太一君か。まあ、掛けて」

沢井正光が目尻の皺をさらに深くして、ソファを指し示した。太一は「松林」ではなく「松原」だ。こういうときは訂正すべきか迷ったが、「失礼します」とだけ言って、腰を下ろした。

沢井正光の前には、社員名簿のデータベースの太一のページをプリントアウトしたものが置かれている。太一について下調べしようとしていたことを隠そうともしないのは、意図してのことなのか。違う名字で呼びかけてきたのは、太一の反応を試すためなのか。

「副社長、彼は松林ではなく、松原君です」

太一の隣に座った、マネージャーの沢井が言った。

「おお、それは失礼した」

そう言って沢井正光は背広の内ポケットから老眼鏡を出し、社員名簿のプリントアウトを見直した。太一を試そうとしたわけではないようだ。

「社長にも、この面談のことは伝えてあります」

と、マネージャーの沢井が、自分の背後を親指でさした。そちらにプレジデントの部屋があるのだろう。

「そうか。では、会長のほうには、折りを見て私から話しておこう」

なぜ、末端の一社員と面談したことをわざわざトップに報告するのか。そして、そうすることをわざとらしく太一に聞かせるのはなぜなのか、妙な感じがした。

それ以上に違和感を覚えたのは、社員には役職を横文字で呼ぶよううるさく言っているのに、自分たちは旧来どおり、日本語で呼び合っていることだ。ヴァイスプレジデントの沢井正光がつづけた。

「松原君、役員室に来たのは初めてかね」

「はい」

「ほかに役員と面談の予定は？」

「ありません」

「そうか。君が立花君と進めている企画、大いに期待しているよ」

「ありがとうございます」

「あの立花君の右腕とは、たいしたものだ」

「いえ」

右腕と呼ばれるほど、いつも一緒にいるわけではない。

「この企画の成否によって、君には年内にもリーダーの椅子が見えてくるだろうね」

そんなふうに考えたことはなかったので、ただ苦笑して首を横に振った。沢井正光はこうつづけた。「君が考えているイベントの予算や会場で困ったことがあったら、いつでもこの沢井課長に相談しなさい。知っているかもしれないが、課長は私の従弟（いとこ）だ。課長の承認は、私の承認だと思ってもらっていい」

「ほかの役員から君に何らかのアプローチがあったときも、私に教えてほしい」

マネージャーの沢井はそう言ってメガネのフレームを右手で持ち上げた。

「はい」

断る理由がないので頷いた。マネージャーの言う「ほかの役員」というのが、特定の誰かを指しているような気がしたが、それをここで訊くべきではないだろう。

それからしばらく、新商品のプロモートに関するアイデアや、過去のヒット商品の他愛のない思い出話などをしてから部屋を出た。

七階の総務部に寄ってから事業部に戻ろうとする太一に、沢井マネージャーは、

「じゃあ、立花ディレクターによろしく」

と、ほかの部員たちに聞こえるように言い、満足げに笑った。

どうやら、マネージャーとヴァイスプレジデントが太一を呼び出した目的のひとつは、「立花の右腕が自分たちに会いに来た」という既成事実をつくることだったようだ。

事業部の自分の席に戻り、オンラインミーティングの準備をしていても、周りの人間たちがこちらを窺っている気配がして、落ちつかなかった。

その日のオンラインミーティングでも妙な感じはしていたのだが、翌日、金曜日の午後に再度行われたオンラインミーティングは、明らかに雰囲気が違った。前日は、本社

事業部から参加したのは太一と、ほかのチーフ二名と、例の嫌味なリーダーで、地方の事業所から参加したのはチーフ以下の社員ばかりだった。ところが、この日は、直前になって続々と参加者変更の連絡が入り、太一以外の参加者はほとんどがリーダーとなり、大阪事業所からは事業所長にあたるマネージャーが参加した。

太一が立花と進めることになった企画に関して、大阪のマネージャーから全国展開する予定なのかと訊かれ、「そのつもりです」と答えたら、すべての事業所から最低でもひとりずつこの企画の担当者を出すことになった。

おそらく、太一の意向は立花の意向そのものであり、さらに背後にエグゼクティブがついている――といった見方が、この一日で全国の事業所にひろまったのだろう。

夕刻、リーダーが帰宅したのを確認してから、少し離れた席にいる、太一より三期上の宮本チーフを飲みに誘った。仕事はあまりできるほうではないのだが、噂好きで、社内情勢には不思議なほど詳しい。最近二人目の子供が生まれて小遣いが苦しいと聞いていたので、太一が飲み代を持つと言ったら、喜んで付き合ってくれた。

宮本から社内の派閥の力関係の移り変わりや、創業者一族による内輪もめなどについて話を聞いているうちに、頭が痛くなってきた。それは、立花の「陰謀」を知ったときとはまるで別種の痛みだった。

七　エントリー

その週末は、日曜日ではなく、土曜日に中山競馬場に行った。

日曜日に行われるGⅠの大阪杯の舞台は阪神競馬場だ。その日、中山競馬場で重賞レースは行われない。それで、古馬による中山芝一六〇〇メートルのGⅢ、ダービー卿チャレンジトロフィーが行われる土曜日に行くことにしたのである。

四月最初の週末ということで、来週から新社会人になると思われる若者たちのグループも、そこここでレースを楽しんでいた。

太一はこの日もメインレースのダービー卿チャレンジトロフィーで、十万円以上のプラスを計上した。

「太一、このところどうしたんだ」

オケラ街道を西船橋へと歩きながら若林が言った。

「自分でもよくわからないんだけど、なぜか軸が見えて、相手選びも迷わないんだ」

「この調子で当たりつづければ、会社を辞めてもいいいんじゃないの」

と笑う姫乃に、太一が言った。

「辞めたとたん当たらなくなったらどうするんだよ。それはそうと、今日は中華にしようぜ。先々週が焼き肉で、先週がイタリアンだったからさ」

「それは、同種の店はつづけない、という意味でのゲン担ぎ？」

「まあ、そういうことだな」

そっとフォロワー数を確認した。五千人を超えていた。若林と姫乃も太一がツイッターをしていることは知っているのだが、こうしてフォロワーが増えることを喜んでいると知られるのは恥ずかしかったので、何も言わずにいた。

三人は、千葉街道から西船橋駅北口のロータリーへとつながる道沿いにある中華料理店に入った。

ビールとウーロン茶につづいて、小籠包（シヨーロンポー）、カニシューマイ、焼餃子（ギヨーザ）と水餃子、エビ春巻、ピータン、酢豚、木耳（きくらげ）と豚肉炒（いた）め、ホイコーロー、チンジャオロースー、あんかけ焼きそば……と、姫乃がひとりで注文した料理が次々と運ばれてきて、テーブルが一杯になった。

太一が昨日までの会社での出来事について説明すると、若林がウーンと唸った。

「なるほど、太一はさわやかフーズの社内で、非常に微妙というか、難しい立ち位置に置かれているわけだ」

「自分の会社の派閥争いがこんなにドロドロしているなんて、初めて知ったよ」

昨日、妙な雰囲気のオンラインミーティングを終えたあと、居酒屋を三軒ハシゴしながら宮本チーフに話を聞いた。

さわやかフーズのチェアマンの沢井光彦は会社を大きくした立志伝中の人物だ。しかし、八十七歳と高齢で、認知症が進んでいるとの噂がある。その長男でプレジデントの沢井久光は六十三歳と、経営者としてはまだ若いのだが、昔から社名と同じく爽やかさだけが売りで、能力はない。本人もそれを自覚しており、老後遊んで暮らせる資産は十分にあるので、あまり現在の地位にこだわりはない。

その座を狙っているのが、光彦の次男で、太一を呼び出したヴァイスプレジデントの沢井正光だ。兄より二歳下の六十一歳。性格は兄と正反対で、粘着質で、自信家で、野心家だ。兄弟仲は悪いらしい。

太一を正光の部屋に連れて行った総務課マネージャーの沢井は、光彦の甥（銀行に就職し、退職前に死亡した弟の長男）で、宗男という名だ。久光・正光兄弟の従弟にあたる。五十歳。

沢井家で、名前に「光」を付けることが許されているのは、男も女も本家の者だけなのだという。

プレジデントの沢井久光は、次期プレジデントは弟の正光ではなく、シニアマネージングディレクター（専務）の湯浅のほうがいいと考えているらしい。つまり、さわやかフーズが沢井一族のものでなくなっても構わないというのだ。

湯浅は商品開発部出身の切れ者と知られる六十三歳。

立花が異例の出世をするよう取りはからったのは、久光と湯浅だと言われている。

光彦が引退すると、久光がチェアマンになる。そうして空席になる次期プレジデントの座を、沢井正光と湯浅が争っている。社内は正光側の「副社長派」と、湯浅側の「専務派」に分かれているのだという。

派閥について話すときは、なぜかみな横文字を使わない。副社長派の番頭格は宗男、専務派のそれは立花で、そこに彗星のごとく現れて、拮抗している派閥の力関係を動かしそうなのが、立花の子飼いでありながら、副社長からも目をつけられている松原太一――ということになっているのだという。

「あら、じゃあ、太一はどっちの派閥に入るの？」

人ごとだと思っている姫乃は楽しそうだ。

「どっちにも入るつもりはないよ。立花さんだって派閥争いにまったく関心がないし、プレジデントのことも、エスエムディーの湯浅さんのことも、口には出さないけど、どうでもいいと思っているみたいだしさ」

エスエムディーはシニアマネージングディレクターの頭文字だ。

「でも、太一は、副社長派の総務課長と立花さんのどっちにつくかといえば、やっぱり立花さんでしょ？」

「そりゃそうだろう」

と頷いたのは若林だった。「何たって『立花さんの子飼い』って言われるくらい、あの人の懐に入り込んだわけだからな」

「そうじゃなく、ちょくちょく商品開発部に行くようになっただけなんだけどね。立花さんより、この企画向けの商品をつくろうとしている若手の技術者と打ち合わせることのほうがずっと多いんだけどなあ」

「前のレポートに書いてあった、おじさまたちを追い越しちゃいそうな女の子もいるんでしょう」

と、メニューを両手で持った姫乃が、目だけをこちらに見せて訊いた。

「うん、三人ぐらいかな」

「可愛（かわい）い子もいる？」

「まあ、そうだね」

脳裏に伊藤優奈の姿が浮かんだが、姫乃に悟られないよう、表情を変えずに応じた。何となく、知られるのが恥ずかしくもあり、怖くもあった。

「それでもし彼女ができてゴールインなんてことになったら、競馬が太一の人生を変えることになっちゃうね」

　という姫乃の言葉に、若林が付け加えた。

「やっぱり、先々週、競馬場で立花さんを目撃したことがデカいよなあ」

「まったくだ。あのとき、おれが立花さんをあそこで見つけてなかったら、昨日までの会社でのあれこれも、今こうしてその話をしていることも、なかったわけだからな」

「ところで、太一の宿題はどうなってるの？　立花さんがどうしてフリーランドを皐月賞の本命にしようとしているのかについての追加レポート」

　姫乃が、残ったエビチリのソースをチャーハンにかけながら訊いた。

「ごめん。まだなんだ」

「そっか。太一はずっと忙しかったもんね」

「いや、水曜日だったかな、立花さんと二人で話すことができたんだけど、若いころ凱旋門賞やブリーダーズカップを見に行ったときの話は楽しそうにしてくれたのに、皐月賞のことは話す気にならないのか、はぐらかされちゃってさ」

「どうしてかな」

　それに答えたのは若林だった。

「おれの中で出来上がりつつある『立花勝則像』によるとだな、ああいう人は、マジに考えていることほど口には出さないんだ。急に投資会社の資金繰りが悪くなったとか、何か問題があって、いつも以上に馬券でプラスを出すことに集中している、ってことじゃないのか」

「うーん、どうだろうなあ」

と唸る太一に姫乃が言った。

「明日の夕方、皐月賞の特別登録が発表されるじゃない。フリーランドが本当に出走してくるのかハッキリするから、それをネタにして訊いてみたら？」

するると、若林がこうつづけた。

「おれたちも立花さんに乗っかるか、それとも違う馬で勝負するか決めなきゃな」

太一は、

「そうだよな」

と頷き、姫乃に差し出された、エビチリソースのかかったチャーハンを口に放り込んだ。とろけるような甘さを、その奥にある辛味が引き立てる。ほんの数瞬、会社でのゴタゴタを忘れて、幸せな気分になった。

日曜日の夕方、ＪＲＡから発表される翌々週のＧＩレースの特別登録を見るときはいつもドキドキするが、今回は、いつもとドキドキの種類が違った。

五十音順に並ぶ馬名の真ん中より下から見ていった。

あった。フリーランドが登録されている。

それでも、再来週の水曜日に行われる平地調教再審査に合格しなければ、皐月賞に出ることはできない。本当に大丈夫なのだろうか。いくら馬主と調教師が大物でも、農水省が百パーセント出資する特殊法人で、何より「公正競馬」の施行を第一とするＪＲＡが忖度(そんたく)することはあり得ない。フリーランドは、疾走した状態で綺麗にコーナーを回り、直線で真っ直ぐ走る姿を、多くの厩舎関係者やマスコミ関係者、審査を担当するＪＲＡ審判部の裁決委員らが見守る中で、きちんと見せなければならないのだ。

月曜日の午後、太一は商品開発部商品企画室に伊藤優奈を訪ねた。競馬場でイベントを行う場合に使う新商品について相談したい、というメールを受け取ったからだ。優奈は、ほかの誰よりも真剣に取り組んでくれている。このところ業務でも競馬でもやることが多くて寝不足気味なのだが、会社に行けば優奈に会えると思うと、眠い朝もどうにか起きることができている。

その優奈が、タブレットにＪＲＡのサイトを表示させ、競馬場の画像を見ながら太一に訊いた。

「競馬場でイベントをするとしたら、季節はいつをイメージしたらいいでしょうか」

「その競馬場で競馬が開催されている時期がいいだろうから、東京、中山、京都、阪神、中京なら春と秋。福島、新潟、小倉(こくら)、札幌、函館(はこだて)なら、やっぱり夏かな。基本的に競馬のハイシーズンは春と秋で、夏場はローカルの競馬場に開催が移るんだ」

「そうですか。季節限定商品を考えようとしていたのですが、エリアを限定したものも面白いかもしれませんね」

「なるほど、同じ夏季限定商品でも、例えば、北海道の札幌競馬場と白い恋人パークで出すものと、九州の小倉競馬場とＰａｙＰａｙドームで出すものを変える、っていう手もあるのか。金はかかりそうだけど、それはあとで考えればいいか」

「それから、競馬が好きな人って、馬の形をしたお菓子を食べることに抵抗があったりはしないものですか」

「ないない。逆に、可愛いって喜ぶよ」

「やはり、イベントは、レースを見ながらになるのでしょうか」

「うん、それをイメージしている。だから、ＪＲＡの競馬場だと土日になるし、地方の競馬場だと平日になる。主催者に十分なスペースのある会場を無料で提供してもらうために、タイアップとして、初心者を集めた競馬教室をやって、その参加者に食べてもらうとか、そういう形かな」

「日本の競馬場の案内図や、競馬ファンがＳＮＳにアップした写真や動画を見ると、馬券を買う作業と、飲食は分離されていますね。欧米ではコースを見下ろすレストランに、専用の馬券購入窓口のある競馬場もあるようですけど」

「そうだね。サッと飲み食いして、あとは予想と馬券に集中っていうのが日本のスタイルになっている。ヨーロッパみたいに貴族の遊びではなく、大衆の娯楽だからね。ヨーロッパの主催者にとっての『お客様』は馬主で、日本の主催者にとってのそれはファンなんだ。だからこそ馬券の売上げが世界一になって、賞金がこんなに高くて、競馬場も巨大で綺麗なんだけどね。伊藤さん、競馬場に行ったことは？」

「ないんです。なかなかきっかけがなくて」

「まあ、数のうえでは、競馬場に行ったことのある人より、行ったことのない人のほうが圧倒的に多いだろうからなあ」

「今度、連れて行ってもらえますか」

優奈がタブレットに目線を落としたまま言った。

聞き違いかと思って、確かめた。

「それは、競馬場に？」

優奈は黙って頷いた。

太一はまた訊いた。

「さっきも言ったように、ＪＲＡのレースがあるのは、基本的に週末だけだけど、休みの日でもいいの？」

「はい」

と優奈は頷いた。

「本はいいものから読め、って言うじゃない。競馬も一緒で、最初に見るならＧＩという大きなレースがいいと思うんだ。今週末も桜花賞っていう牝馬のＧＩがあるんだけど、それは阪神競馬場が舞台でさ。今、関東での開催は中山競馬場なんだ。ＪＲか地下鉄東西線の西船橋からバスか、ＪＲ武蔵野線の船橋法典（ふなばしほうてん）駅からちょっと歩いたとこ。来週末なら中山で皐月賞というＧＩで大きなレースがあるんだけどなあ」

　不自然に言葉数が多くなっているのは自分でもわかっているのだが、何か話していないと間が持てない。

「行くなら早いほうがいいと思います。予定どおり十月からイベントをスタートするには、イベント会場や工場のラインを押さえたり、開発に要する時間を考えると、あまり余裕がありません」

「そ、そうだね」

　太一の所属するプロモーション課のマネージャーからＪＲＡの広報部にコンタクトを取り、業務として行くこともできないことはないだろうが、手続きが煩雑だし、どうして太一と優奈が行くのだという話になると説明が面倒だ。それに、ほかの人間たちがついてくるかもしれない。

　今週末は土曜日に中山競馬場に行くつもりだった。翌日の日曜日は、阪神で桜花賞が開催されるため、中山では重賞が行われないからだ。

土曜日のメインレースは芝一六〇〇メートルで行われる三歳馬限定のGⅡ、ニュージーランドトロフィーである。三着まで、三歳のマイル王を決めるNHKマイルカップへの優先出走権が与えられる。前走のスプリングステークスで逃げて失速し、着外の七着に終わったレッドタイトルなどが出走を予定しており、スプリングステークス組の実力を測るうえでも重要な一戦となる。

若林と姫乃には連絡してあるので、またパドックで合流する。

そこに優奈を連れて行くと、どうなるか。

姫乃は「へえ、あなたが太一の彼女なの？」などと遠慮なくあれこれ訊いて優奈を困らせるだろう。その点、若林は心配ないが、万が一、若林と優奈が互いに一目惚れし、太一がマヌケなキューピッド役になる――などということがあっては困る。やはり、土曜日は避けたほうがいい。

「日曜日はどうかな。中山で大きなレースはないけど、桜花賞の馬券を買うことはできる。雰囲気を味わって、競馬に参加することはできるから」

恐る恐るそう言うと、俯いていた優奈が顔を上げ、嬉しそうに頷いた。

「はい、ぜひ」

笑うと少女のように幼く見える。

「伊藤さんはどこに住んでるんだっけ」

「高円寺(こうえんじ)です」

「じゃあ、JR総武線を使うことになるから、西船橋の駅で待ち合わせようか。改札を出たところに十二時でいいかな。昼飯は競馬場で食おう」

「うわあ、楽しみです！」

二人が話していたのはミーティング用のデスクだ。誰にも話は聞かれていない。

そのとき、奥のデスクに立花が戻ってきたのが見えた。

「立花ディレクターと打ち合わせがあるから、また」

太一はそう言って席を立った。

優奈に背を向けると、急に鼓動が速まってきた。

先々週、ランチをしながら恋愛相談を受けた同期の香月も、彼女と仲よくやっているようだ。ときどき二人で顔を寄せた写真や、一緒に食べたもの、訪ねた場所の写真などを送ってくる。他人のデートの写真ほどつまらないものはない。が、太一のアドバイスが効いたのか、写真の中の香月も彼女も本当に楽しそうだ。おそらく二人はこれからも上手くいくだろう。

他人の恋愛のことならいろいろアイデアが浮かび、先の形もイメージできるのに、自分のことになると頭が真っ白になる。そもそも今の自分は恋愛のスタート地点に立っていると言えるのか。日曜日に優奈と中山に行くことは、いわゆる「競馬場デート」ということになるのだろうか。いや、彼女はただ、企画のために競馬場に連れて行ってほしいと言っただけかもしれない。しかし、純粋に仕事のためというなら、「連れて行ってもらえますか」なんて言わないのではないか。競馬場に行くことだけが目的なら、それこそ、直属の上司の立花に言って、JRAに話を通してもらえばいい。

と、そこまで考えて、太一は、肝心なことを忘れていたことに気がついた。

もし、優奈と一緒に中山に行ったとき、立花に会ってしまったら、どうすればいいのだろう。

立花に、今週末、競馬場に行くのかどうか訊いておくべきか。いや、いっそのこと、中山ではなく阪神に桜花賞を見に行ってしまおうか。初めてのデートで関西まで遠出というのはいかがなものか。往復で三万円ほども交通費がかかる。このところ競馬でプラスを計上しているので優奈のぶんも出すこともできなくはないが、そんなことを言っては下心があるのではないかと警戒されるのがオチだ。

「どうした、何か用か」

立花が怪訝そうな目を向けて言った。

太一は、立花の席の前に突っ立ったまま、考えごとをしていたのだ。

「は、はい。お知恵をお借りしたいことがあるので、少しお時間いただけますか」

取り繕うように言うと、立花は黙って会議室を指し示した。

二人分のコーヒーを淹れているうちに、少しずつ落ちついてきた。やはり、立花はどこかおかしい。いつもの立花なら、「お知恵をお借りしたい」と言った太一に、「知恵は貸し借りするもんじゃねえよ」とか「少しって何分だ」などと返してくるのに、今はただ黙っている。

太一から切り出した。

「フリーランド、皐月賞に登録していますね」

「そうだな」

「やはり、あの馬から買おうとお考えですか」

「ああ」

立花はため息をついた。呼び出しておいて競馬の話を始めたことを咎めることもなく、眉間に皺を寄せている。

「立ち入ったことを伺いますが、ディレクターがこの会社の株を十パーセントほど持っているというのは本当ですか」

と太一が声を落として訊いた。「自社株購入の原資は、馬券の払戻しなんですか」

すると、立花は、顎で会議室のドアを指し示した。いつも開けたまま話をしているのだが、閉めろという意味だろう。

太一がドアを閉めると、立花は苦笑して答えた。

「そのとおりだ。どうでもいいけど、その『ディレクター』って呼び方はやめろ。立花でいい」

「は、はい。それで、立花さんは、どうして、自社株を買いつづけるのですか」

太一にしてみると、立花がどんな馬券術で数百万円、数千万円の儲けを出しているのかということと同じくらい、それが不思議に感じられた。

「この会社が好きだからだよ」

「好きだから、ですか」

会社が好きだから、大株主になるまで自社株を買いつづける——という理屈はわからなくもない。が、大株主になること自体が目的ではないはずだ。「好きだから、自分のものにしてしまおう、ということですか」

「まあ、そうとも言えるな」

「立花さんは、そんなふうには考えない人だと思っていました」

立花は小さく笑った。

「今だって、この会社はおれのものだ。もちろん、お前のものでもある。さっきお前が話していた伊藤のものでもあり、管理職や経営陣のものでもある。そう思わないか」

「はい、ぼくもそういう意識でいます」

「ところがな、本当に自分のものにしちまおうと考える連中もいるんだ。ほら、うちの会社は知名度のわりに経営規模が手頃だろう。だから、ちょくちょくタチの悪いファンドに目をつけられてな。それへの対抗策として、おれが投資会社を通じて一定程度の割合の株を所有するようになったんだ」

それを聞いて、ようやく納得できた。

「うちを攻撃するために株を買っているのではなく、防御するために買っているんですね」

「そうだ。これまではどうにか『おれたちの会社』にできていたけど、ちょっと、洒落にならねえ連中が乗り出してきてな」

「M&Aとか、乗っ取りとか、ですか」

「ああ。外資系のファンドが主導して、TOBを仕掛けてくるらしい」

TOB（Take-Over Bid）は「株式公開買付け」などと訳され、対象となる企業の発行済株式を、買付け期間や価格、買付け予定株数などを公表したうえで、証券取引所を通さずに既存株主から買付けることを指す。

太一も言葉だけは知っていたが、自分に身近な問題として降りかかってくるなど、考えたこともなかった。

「経営陣は対抗措置を講じてないんですか」

「あいつらがやると思うか」

「ということは、外資の傘下になってもいいと考えているんでしょうか」

「ああ。自分たちの地位と報酬は保証すると言われて安心し切っている。資本が強化される、くらいに思い込んでいるようだ」

「でも、エグゼクティブを今のままにしておくなら、どうしてファンドはわざわざ買収なんてするんでしょう」

「普通はそう考えるよな。簡単なことだ。やつらは買収が済んだら役員を増やして、都合のいい人間を送り込むつもりだろう」

「立花さんは、何か手を打ったんですか」

立花は頷いた。

「夜な夜な、あっちで頭を下げ、こっちでヒソヒソ話さ。いわゆる、根回しってやつだ。おれが世の中でもっとも苦手とすることだ」

「でも、立花さんが動かなければ、この会社は外資の食い物にされてしまうかもしれないんですよね」

「そうだ。さんざんいじくり回されて、見た目の価値だけ高めてどこかに売却し、サヨナラだ。やつらは買収金額と売却金額の差額で懐を潤わせるわけだからな」

太一は手元のタブレットで「ＴＯＢ」「対抗策」で検索してみた。

「ええっと、ＴＯＢへの対抗策は、ポイズンピル、ゴールデンパラシュート、ティンパラシュートって、横文字ばかりですね」

「それらは、狙われた会社のシステムを変えて、相手側の購買意欲を削ぐためのやり方だ。経営陣は、やる必要はないと言っている」

「ほかにも、マネジメントバイアウト、プットオプション、チェンジオブコントロールなんていうのもあるのか。中には競走馬の名前にしてもよさそうなのもあるけど、あっ、このホワイトナイトならわかります。敵対的な買収を仕掛けてきた相手に替わって、狙われた会社の株を買って守ろうとする『白馬の騎士』ですよね」

　太一が言うと、立花は顔をしかめた。

「そうは言っても、狙われた会社にしてみりゃあ、ほかの会社に買収されることに変わりはねえがな」

「でも、征服者に買われるよりは、友好的な相手に買われるほうがいいから、ホワイトナイトに頼るところが多いんですよね」

「友好的ねえ」

　立花が両手を頭の後ろで組んで天井を見上げた。

「どこか心当たりがあるんですか」

「心当たりも何も、そこぐらいしか頼るところがねえから困ってんだ」

「どこですか」

「未来堂食品さ」

そう言って立花は眉を「ハ」の字にした。

太一が香月から得た情報によると、未来堂食品社長の大橋未来は、立花と男女の関係にあるということだった。

「未来堂食品の大橋社長は、立花さんのお知り合いなんですよね」

立花が口元を歪めた。

「まあな。昔の女だ。とっくに別れて、かれこれ二十年以上、指一本触れちゃいねえ」

ということは、学生時代に付き合っていたのか。

「大橋社長が、ホワイトナイトとして名乗り出てくれたんですか」

「そうだ。もともとあそことうちは、株を持ち合っているからな」

「うちのエグゼクティブたちは、買収する企業が外資ではなく、未来堂食品になっても構わないと思っているのでしょうか」

「もちろんだ。あいつらは、自分の立場が保全されて、このまま楽ができるなら、どこが資本になっても同じだと思ってやがる」

「じゃあ、エグゼクティブにとっては解決済み、ということなんですね」

「ああ、お気楽すぎて、羨ましいくらいだ」

「未来堂食品に助けてもらうと、どんな不都合があるのですか」

太一が訊くと、立花はため息をついた。

「どんなもこんなも、不都合だらけだ。そもそも、お前、あの鬼女がタダで人助けすると思うか」

そう言われても、太一は、大橋未来社長の簡単なプロフィール以外のことはほとんど知らない。

「何か、交換条件でも提示されたんですか」

「金を出せと言われた」

企業買収に関する知識のない太一も、それはおかしいように感じた。

「正義の味方のホワイトナイトが、助けようとしている相手に『金を出せ』って言うのは、変ですよね。お金がないから助けてもらおうとしているのに」

「そうなんだが、大橋未来の言う理屈もわからないでもないんだ。ざっと計算すると、未来堂がうちの株をＴＯＢで三十六パーセント買えば、所有割合が五十一パーセントになって、経営権を掌握できる。買付け価格はＴＯＢを公表する前日の終値に、ファンドより条件のいい五十パーセントほどのプレミアムを加えるんだが、そうすると、三十六パーセントの株を取得するのに六十億円ほどかかるらしい。ファンドの出方次第では、さらに高くなる可能性もある。そのリスクヘッジのためにあと十億円は必要だと言ってきたんだ。確かに、そのくらいないと、筋金入りのハゲタカファンドとやり合うのは難しいかもしれない」

「未来堂さんが出せるのは六十億円が限界なんですか」

「そのようだ。本当は、おれが同じ十億円を遣うなら、TOBの資金に回して高い株を買うより、今の株価で買い増ししたほうがいいんだが、インサイダー取引になる可能性があるから、それはできない。経営陣は金を出すつもりはねえし、仮にあったとしても、大橋は、出所がさわやかフーズ関連以外の金のほうがいいと言うんだ。都合よく金を還流させて新体制を築いた、みたいに思われると具合が悪いんだってよ」

「出所がうちの会社関連ではない金、ですか」

「帳簿の数字が変わることのない、いわゆる裏金だと最高らしい」

「うちの会社に裏金はないんですか」

「あるわけねえだろう」

「立花さんの投資会社は、うちの関連会社ということになるんですか」

「微妙なところだが、まとまった金を工面するには、せっかく買い集めたさわやかフーズの株を売らなきゃならない。それじゃあ意味がないよな」

　未来堂食品に頼らずとも済む方法はないものか。

「いっそのこと、ホワイトナイトではなく、銀行で資金を調達して、ほかの対抗策を取ってみたらどうですか」

「いや、うちのメインバンクの東洋銀行では、ついこの前、取手の工場拡張のために二十億円の融資が承認されたばかりだ。それに、連中の秘密厳守はアテにならねえ。もし情報が漏れて、うちが危ないなんて噂が流れでもしたら、株価が下がって、それこそハゲタカファンドの思う壺だ」

「やっぱり、未来堂さんに頼るしかないんですね。その十億円、クラウドファンディングみたいにして、うちの社員から……いや、ダメか。薄給のぼくらが束になっても十億円なんて無理だし、それこそ会社が危ないと噂になったらまずいものなあ」

「再来週の月曜日が期限だから、それまでに、何とかして十億円を用意するしかない」

「その十億円がないと、大橋社長は動いてくれないんですか」

「そう言ってる。そのへんは絶対にブレない人間だ」

「何か、まるで意図して立花さんだけを追い詰めようとしているみたいですね」

　太一が言うと、立花に睨まれた。

「そう思うか」

「はい。いや、すみません」

「謝ることはねえ。そのとおりなんだから。あいつはこうして、二十年越しの意趣返しを楽しんでるんだよ」

あまりいい別れ方をしなかったのだろうか。太一が訊きあぐねていると、立花がつづけた。「自分から『別れよう』と言って去って行ったくせに、おれに捨てられたとほざいてやがる。何でも勝ち負けにしちまうところがあって、どうも、おれに負けたと思い込んでいるみたいなんだ」

「きっと、あまり負けたことのない人なんでしょうね」

「小さいころから勉強もスポーツもできて、顔もスタイルもよくて、何をやっても一番だったからな」

立花は、口では「鬼女」などと言っているが、実はそれほど大橋未来に対して悪い感情を抱いていないようだ。そう思ったとき、太一の脳裏を嫌な想像がかすめた。

「業界再編に関して、大橋社長は以前から真剣に考えていたと聞いています。もしかしたら、大橋社長がファンドを動かして、この状況をつくったんじゃないですか」

少し間を置いて、立花が答えた。

「いや、それはないだろう。キツい女だが、そういうアンフェアなことだけはしない。正々堂々と戦うのが大好きなやつだからな」

立花はそう確信している。太一も信じるしかない。

「どうするんですか」

「おれが十億円を負担したら、その分、つまりＴＯＢで買付けた株式の七分の一の実質的な議決権をさわやかフーズに持たせるという言質(げんち)は取ってある」

「いや、ぼくが質問したのは、その十億円を立花さんがどうやって集めようとお考えか、ということです」

「集め方ねえ」

立花は天井を見上げて腕を組んだ。

「はい」

「ひとつしかねえだろう。なあ？」

と、太一に顔を向け、笑いかけた。

「はい？」

「自社株に手をつけずに工面できるのは五千万円が限界だが、それだけありゃあ十分だろう」

「何がですか」

「元手だよ。賭け金」

「え？」

「皐月賞の元手さ」

「ちょ、ちょっと待ってください。皐月賞って、まさか」

立花はニヤリとした。

「お前、さっき自分で訊いておいて『まさか』はねえだろう」

確かに、自社株を購入する原資は馬券の払戻しなのかと質問したが、それは、百万円単位の金額をイメージしてのことだった。以前立花は最高で三千万円台の払戻しを受け取ったと話していたが、それほどのプラスを計上することは、そうあるわけではないだろう。

「皐月賞の払戻しで十億円をつくる、ということですか」

「だからそう言ってるじゃねえか。フリーランドの単勝で勝負する。ちょうど皐月賞の翌日が大橋への支払期限だ」

立花はそう言ってまた天井を見上げ、目を閉じた。

八　オッズバランス

太一に向き合って座る立花は、皐月賞で十億円の払戻しを受けるつもりだと言う。しかし、的中するかどうか以前に、それは物理的に可能なのだろうか。十億円というのは、皐月賞全体の売上げのかなりの割合を占めるはずだ。

太一はタブレットに過去の皐月賞の売上げと単勝、複勝、馬連などそれぞれの馬券の投票内訳を表示させた。

「皐月賞の馬券の売上げ自体が、だいたい百五十億円から二百億円というところでしょうか。そこから二十五パーセントが控除されて、ええっと、いくらかな……百十二億五千万円から百五十億円が払戻しにあてられるわけですよね。そのうちの十億円って、日本中の馬券購入者に払い戻されるうちの十二分の一から十五分の一をひとりで受け取る計算になりますよ」

「要は、あり得る、ってことだろう。それとも、今週土曜日のニュージーランドトロフィーで三億円、日曜日の桜花賞で四億円、来週の皐月賞で四億円のプラス計上を目標にしたほうが、十億円のプラスを計上する確率が上がるとでも言うのか」

「いや、それは……」

「馬券で大金を張るなら、出走馬の陣営が極限まで馬を仕上げて臨んでくるガチンコ勝負のGIにしなきゃダメだ。桜花賞もGIだが、この時期の三歳牝馬には、フケがあったり、歯替わりがあったりと、不確定要素が多すぎる」

フケとは発情のことを言う。

「では、皐月賞の、フリーランドの単勝だけで十億円のプラスを出すというのですか」

立花は頷き、太一にタブレットの画面を見せるよう指をさした。

「放っておけば、フリーランドの単勝は十五倍から二十倍ほどだろう。仮に今年の皐月賞の売上げが二百億円ぐらいだとすると、どうなるんだ」

と、立花は、二百億円近い百九十一億七千二百六十六万七千百円を売り上げた二〇二一年の皐月賞の数字を引き合いに出した。

単勝の売上げは九億三千五百九十六万円（千円単位以下切り捨て、以下同）。

単勝十五・七倍のグラティアス（七番人気）は四千七百六十七万円売れていた。

単勝二十一・五倍のヨーホーレイク（十一番人気）が三千四百七十八万円。

このヨーホーレイクを今年のフリーランドに見立てて、単勝を五千万円買い足したとすると、八千四百七十八万円売れたことになる。そうなると、二〇二一年の皐月賞で八千四百六十九万円売れて単勝八・八倍だったアドマイヤハダル（三番人気）とそう変わらなくなる。

　立花が小さく息をついた。

「まあ、合計額も変わるから、数字も変わってくるわけだが、皐月賞で単勝二十倍の馬の単勝を五千万円買い足すと、オッズは半分以下になり、十倍を切ると思っておいたほうがいいな」

「それだと、フリーランドの単勝を五千万円買って的中しても、払戻しは五億円に届かない計算になります。あと五億円以上足りません。オッズを動かしてしまうと、難しいですね」

「そうだな……ん、お前、今何て言った？」

　立花が急に声を大きくしたのでギクリとした。

「いや、オッズを動かしてしまうと難しい、と」

「そうだよな、うん、そうだ！」

　立花が立ち上がった。

「何が『そうだ』なんですか」

　驚いてそう訊いた太一を、立花は立ったまま指さした。

「お前のおかげで光が見えた」

「な、何の光ですか」

「オッズを動かさなきゃいいんだよ。オッズを」

「いや、何千万円も買えば、そりゃ動いちゃいますよ」

　立花がゆっくりと腰を下ろして、首を横に振った。

「レース直前にドーンと大金をつぎ込んで買い足すから、それだけでオッズが半分以下になっちまうわけだろう？」

「そうですね」

「だったら、少しずつ買っていけばいいじゃないか」

「少しずつ？」

「そう。例えば、金曜日の前々日発売では、フリーランドの単勝を一時間置きに百万円ずつ買って、最終的な購入額が五百万円になるようにする。土曜日の前日発売でも、朝から百万円単位に分けて時間を置いて買って……そうだな、十五回に分ければ千五百万円か。これで二千万円だろう。あとの三千万円を、最も巨額の金が動くレース当日の日曜日、オッズを見ながら、今度は二百万円単位で買い足して行くと、どうなると思う？」

「まず、前々日発売が始まったと同時にフリーランドが一番人気になるでしょうね」

　前々日発売は、一部のウインズ（場外馬券場）で、金曜日の午後二時から七時まで行われる。都内でそれが行われるウインズは、ウインズ新宿とウインズ後楽園の二カ所だけだ。そのほか、ネットでも前々日から発売が行われるが、今回は、金の出所が明らかになるネット発売は使えない。

「で、すぐに……まあ、一時間も経てば、インスティテュートやソーグレイト、弥生賞を勝ったマタキチ、二歳王者のトキノウジガミあたりのほうが売れて、フリーランドは四、五番人気に落ちるだろう」

「それでも、前々日発売や前日発売の合計金額は低いですから、立花さんが百万円単位の大口で投資をするたびにフリーランドのオッズは下がって、また上位人気に戻ると思います」

「もし、お前が事情を知らずにそれを見たら、どう思うかな」

「誰かがフリーランドにドーンと突っ込んでいるんだろうな、と」

「誰かとは？」

「馬主とか、それに近い関係者です。で、関係者がこれだけ買うんだから、表に出していないプラスの材料があるのかもしれないと考えて、自分も乗っかろうとする人が出てくると思います」

「ただ、それは普段からオッズの動きを注視している、ごく一部のコアな馬券師だけだろう。それ以外のほとんどの競馬ファンは、フリーランドのオッズが低いことより、相対的に、インスティテュートやソーグレイトあたりの本命サイドの馬のオッズが思っていたより高くなっている——というほうに目が行くんじゃないか」

「なるほど！　こんなに単勝がつくのなら、と、その馬たちのほうを買いたくなっちゃいますね」

「つまり、人気サイドの馬たちのオッズを動かすことを目的として、フリーランドの単勝を百万円や二百万円単位で買っていく、という考え方だ」

「皐月賞の馬券全体の売上げはそう変わらなくても、ファンの購買意欲をそそった単勝の売上げだけは伸びる可能性がありますね」

「そういうことだ。で、結局のところ、近走の成績や能力の比較、コース適性や距離適性、仕上がり状態などを元にした出走馬の相対的な評価はそのままなんだから、上手くいけば、フリーランドの単勝は、おれが合計で五千万円買っても、二十倍ぐらいに落ちつくかもしれない」

「つまり、五千万円の投資が、十億円になって返ってくる、と」

姫乃が狙い馬を決めるにあたって注視している「オッズバランス」とは語意は異なっているが、これも「オッズバランス」を取るやり方、と言っていいだろう。

ふと、肝心なことに気がついた。

ここまでの話はすべて、フリーランドが皐月賞を勝つことを前提に進めてきた。

しかし、レース中に逸走することが癖になっているあの馬が、本当にゴールまで走り切ることができるのだろうか。それも、選び抜かれたほかのどの馬よりも速く。

立花もそれを考えているようだ。

「フリーランドが負けたら、五千万円の馬券は紙屑だ」

「そうなったらどうするんですか」

「未来堂は手を引くだろうから、ハゲタカファンドによるＴＯＢが始まる。未来堂は、ホワイトナイトを降りるとはいっても、さすがに今持っている十五パーセントの株をファンドに売ることはねえだろう。おれの投資会社が持っている十パーセントと合わせると二十五パーセントだ。あと二十六パーセント、ほかの株主が頑張って売らないでくれるとファンド以外で過半数になるんだが、ファンドは四十五パーセントのプレミアを付けてくるらしい。特にうちの会社に愛着があるわけじゃなく、投資目的の個人株主にとっちゃ、一・五倍近い値で売れるんだから、ほとんどが手放すだろうな」

「立花さんは会社に残るんですか」

「残りたいが、こうやって好きなところで遊軍を組んで動ける立場じゃなくなったら、何もできなくなっちまう。どっかの牧場か動物園に獣医として雇ってもらうほうがマシかもしれねえな」

「だったら、ぼくも辞めます」

「何を言ってる。その必要はねえ」

「でも……」

「取り違えてるようだが、辞める必要がねえと言ってんのは、おれたちが、この勝負に勝つからさ」

「この勝負って、皐月賞のことですか」

「当たり前だ。ほかに何がある」

「それでも、リスクには備えておくべきです。フリーランドを買うにしても、二着でもいいように馬連にすれば、単勝よりずっと高いオッズが期待できます。相手を三頭ぐらいに絞ってフリーランドから流すとか、フリーランドを含む三頭か四頭のボックスで買うほうが、当たる確率は高くなります」

ボックスというのは、三頭以上の馬をまとめて買う方法のことで、そのうちどれか二頭が一、二着になれば的中となる。

「バカヤロー。それは競馬で借金をつくる連中が陥る典型的な考え方じゃねえか。単勝は十八頭立てだと十八通りしかない。けど、馬連は、十八頭立てだと百五十三通りもあるんだぞ」

確かに、出走馬に能力の差がないとすると、単勝なら十八分の一の確率で当たる。馬連で一点買いだと百五十三分の一、三点買っても百五十三分の三だから五十一分の一、四点でも三十八分の一ぐらいの確率しかない。九点買って、ようやく十七分の一だ。

　立花がつづけた。「なのに、馬連のほうが当たりそうに錯覚してやがる。二着以内に来そうな馬を何頭か選ぶほうが、勝つと思う馬を一頭だけ選ぶより当たりそうに感じるんだろうな。ところが、それが来ないのが競馬ってもんだ。一頭の状態を見極めるだけでも大変なのに、二頭、三頭の状態を把握しようとすると、とてつもない労力が必要になる。馬券を買う人間が使える時間と知力には限りがあるんだから、間違いなく精度が落ちる」

「でも、立花さんはスプリングステークスで馬単を買っていましたよね。馬単だって、馬連と同じぐらいか、裏表を買ったときは、馬連以上に点数が増えるじゃないですか」

　太一が揚げ足を取るような言い方をしても、立花は表情を変えない。

「あのときは、まず、一番強いフリーランドが逸走して、押し出される形で、次に力のあるインスティテュートが一着に来る可能性が高いと見た。ところが、インスティテュートの単勝は千二百円台にしかなりそうになかった。絶対の自信があるわけじゃねえのに、千二百円しかつかねえ馬券で勝負する気にはならねえわな。だから、少額の投資でも大きな見返りを期待できる馬単の一着固定で流すことにしたんだ。要は、リスク覚悟の遊びだった、ってことさ。そうじゃなく、絶対の自信のある馬がいるレースで、負けられねえ真剣勝負をするときは、単勝に限る」

「勝つという自信があるなら余計に馬単を買ったほうがいいようにぼくは思うんですけど、どうして単勝だけにするんですか。現に、立花さんはスプリングステークスの馬単で大儲けしているのに」

立花はニヤリとして答えた。

「前哨戦と本番は違うからだよ」

「どういうことでしょう」

「ガチンコ勝負のGIは、どの馬も極限まで仕上げられてくる。だからこそ、突出した力のある馬がいる場合はそれを買えばいい。今回の場合はフリーランドがそれだ。ところが、ヒモになりそうな馬たちの実力は拮抗している。そういう馬たちがギリギリの仕上げで戦うと、同じメンツでも、そこそこの仕上げのGII、GIIIで戦ったときとはまるで違う結果になっちまうことがままあるんだ。だから、危なくて、相手を絞った馬単や馬連なんて買えねえよ」

「ぼくは、インスティテュートの力が抜けていると思っています」

「確かにいい馬だ。この中間、さらに成長すれば、もう少しフリーランドに迫ることができるかもしれない」

立花がこれほどまでフリーランドの実力を高く評価しているのが、太一には不思議に感じられて仕方がない。

太一はタブレットにフリーランドの成績を表示させた。

新馬戦　九月十×日　中山芝二〇〇〇M　一着　三馬身
ジュニアC　十月二十×日　中山芝二〇〇〇M　一着　四馬身
ホープフルS　十二月二十×日　中山芝二〇〇〇M　競走中止　四角逸走
きさらぎ賞　二月×日　京都芝一八〇〇M　一着　二馬身
スプリングS　三月二十×日　中山芝一八〇〇M　五着　〇秒六

レース名のCはカップ、Sはステークスの略。着順の下は、勝った場合は二着馬との着差、負けた場合は勝ち馬とのタイム差である。

「立花さんは、フリーランドのどんなところが、今年のクラシックを狙う三歳牡馬の中で突出していると見ているんですか」

「新馬戦でかなりの器かもしれないと思い、二戦目で確信した」

「今気づいたんですけど、新馬戦のときが一番馬体重が重かったんですね。五一〇キロもあって、二戦目以降は全部見事に五〇〇キロちょうどで走っている」

「新馬戦は仕上がり途上で、五分か六分の出来だったはずだ。使った目的は馬体を絞るためだろう。調教代わりに使ったつもりが、持ったままで二着を三馬身ちぎってしまった。二着馬も三着馬もその後重賞を勝ってることからわかるように、非常にレベルの高い新馬戦だったんだが、赤子の手をひねるような楽勝だった」

新馬戦は、まだ人間が手をかけてつくり込む前の段階なので、持って生まれた能力だけで戦うことになる。素質だけを比較するには最高の場なのだ。

「確かに、新馬戦での戦績は重視すべきだと言われてますよね」

「ああ。新馬戦でインパクトのある勝ち方をした馬は必ず大成する、と言い切る大物オーナーブリーダーもいる」

「二戦目は、相手が強くなった中で、余裕のある勝ち方をしましたね」

「一勝クラスのレースに出ることもできたんだが、あえて『飛び級』になるオープンのジュニアカップに出走した。メンバーがワンランクどころかツーランクレベルアップしたここで、最後の十完歩ほどは流すようにして勝っちまった。そのサイトのリプレイ動画を再生してみろ」

太一がジュニアカップのレースリプレイを再生すると、立花は画面下部のバーをタップして早送りし、出走馬が四コーナーに差しかかったところから再生した。フリーランドは四コーナーで大外を回って前の馬をまとめてかわし、直線でさらに脚を伸ばした。

「フリーランドはこのレースで、ラスト四〇〇メートルから二〇〇メートルまでの一ハロンだけ本気で走っている。その二〇〇メートルの完歩を数えたら、二十三完歩だった。

ほかの馬は二十七完歩から三十完歩ぐらいだ」

「それだけストライドが大きいということですね」

「単純に割り算すると、一ハロンを三十完歩で走ると一完歩が約六・七メートル。二十三完歩だと約八・七メートルだ。普通、完歩が大きい馬は、そのぶん脚の運びがゆっくりなんだが、こいつはほかの馬と同じぐらいの速さで四肢を回転させている。同じ速さで一完歩を繰り出すのに、その都度二メートルずつ差がついたら、二十完歩進んだときには四〇メートルの差になっている。一馬身を二・四メートルとすると、約十六・七馬身だ。そりゃあ、大外を回って他馬より長い距離を走っても、軽くマクっちまうわな。現に、フリーランドはこの一ハロンを十秒フラットぐらいで走っている」

「十秒フラット⁉」

一般的に、レースの中で最もラップが速くなるのは、ゲートを出て一ハロン目から二ハロン目にかけてだ。新潟競馬場の芝直線一〇〇〇メートルのコースでは、そこで十秒を切る馬もいる。しかし、二〇〇〇メートルのレースの終盤で、一ハロンを十秒フラットで走る馬など聞いたことがない。

「中距離や長距離のレースの四コーナーでこのラップを叩き出すことができる馬は、古馬を含めても、日本にはこの馬しかいねえ。競馬史を振り返っても、数えるほどしかいないんじゃないか」

「そんなにすごい馬なんですか、フリーランドは」

「ああ。とてつもない馬だ。ああいう桁違いの能力を持った馬ってのは、往々にしてメンタル面に危なっかしいものを抱えているもんだ。二〇一一年に三冠馬になったオルフェーヴルだってレース中に逸走したことがあっただろう。その父のステイゴールドなんざ、関係者が『肉をやれば食うんじゃないかと思った』と話していたほど凶暴だった、っていうからな」


オルフェーヴルは圧倒的な強さで二〇一一年のクラシック三冠と有馬記念を制したが、翌年、二〇一二年の阪神大賞典では三コーナーで外に大きく膨れて止まりかけた。故障発生かとも思われたが、すぐにコースに戻って走り出し、驚異的な末脚（すえあし）で半馬身差の二着にまで追い込んだ。そして、同年秋、「世界最高峰のレース」と言われるフランスの凱旋門賞に出走した。道中は後方に控え、直線だけで前をごぼう抜きにし、ぶっちぎりで圧勝かと思われたが、先頭に立つと、急に内にヨレて失速。外から来た牝馬のソレミアにかわされて二着に終わった。ほかのレースでも、ゴールしたあと騎手を振り落とすなど、気性の激しい馬だった。

「フリーランドもそうなんですね」

「もちろんだ。おとなしくて従順な馬が、あんなに何度も逸走するわけがねえ」

「オルフェーヴルのように、フリーランドの燃えるような内面が、爆発的な競走能力に転化される可能性がある、ということですか」

「そうだ。いいホースマンに恵まれたら、という条件がつくがな。ただ気が悪いだけの問題児で終わっちまう馬のほうが圧倒的に多い」

「難しいんですね、サラブレッドは」

「だから面白いんだよ。フリーランドみたいな馬が出てくると嬉しくなっちまう。あの馬のジュニアカップの最後から二番目の一ハロンにメディアが着目していたら、盛り上がっただろうな。スポーツ新聞で見出しをつけるとしたら『奇跡の一ハロン』ってとこかな」

「でも、どうして話題にならなかったんでしょう」

「お前も今、リプレイを見て、あの一ハロンでそんなタイムを叩き出しているとは思わなかっただろう？」

「はい。豪快にマクってるな、と思っただけです」

「ストライドが大きいから、速く走っているように見えないんだ。乗ってる人間も同じ感覚だと思うぞ。フリーランドは一完歩で進む距離が長いし、脚の運びが綺麗で、滑るように走る。だから、ものすごく速く走っているのにスピード感がない。父親のディープインパクトもそうで、いつも稽古をつけていた調教助手は、ほかの馬と同じ感覚で乗ると時計が速くなりすぎるので、そうならないよう苦労したらしい」

二〇〇五年に史上二頭目の無敗のクラシック三冠馬となったディープインパクトは、主戦騎手の武豊が「走るというより飛んでいるような感じ」と表現したように、大きなストライドで、脚を地面につけている時間が短い、特殊な走り方をした。なぜディープはこれほどまで強いのか——と、JRA競走馬総合研究所が、心拍数や、完歩数などを測ったり、フォームを解析したりするなど、科学的なアプローチが試みられた。

「立花さんが引き合いに出すのは歴史的名馬ばかりですね」

「フリーランドは、そういう馬としか比べようがないレベルの競走馬になる可能性があるからさ」

潜在能力の高さは疑いようがないとしても、これまで五回レースに出たうち二回も四コーナー出口で逸走している。しかも、二回とも中山競馬場だ。

「皐月賞でまた逸走しないという保証はないんですよね」

「ああ。ただ、スプリングステークスよりは、かなり確率が下がる」

「どうしてあの馬はレース中にコースアウトしようとするのですか。立花さんは、条件さえ整えば真っ直ぐ走ると言っていましたが、その条件とはどんなことですか」

「それは、皐月賞当日までのお楽しみだ。お前を信用していないわけじゃねえが、万が一それが漏れたら、あの馬のオッズが一気に下がるかもしれない」

「逸走するのは中山競馬場だけ、ということに関係していることですか」

「まあ、そのくらいは教えてもいいか」

と、立花は、空になったプラスチックのコーヒーカップの底をしばらく覗いてから答えた。「そう、中山ならではのことだ」

「その条件は、人為的につくることができるのですか」

「できないこともない、かな」

「そうですか」

ならば、自分も何か協力できることがあるのではないか。自分を育ててくれたさわやかフーズの一大事に、ただ指をくわえて見ているだけなんて、情けなさすぎる。

「そんな寂しそうな顔をするんじゃねえ。ガキじゃあるめえし」

「ぼくに何かできることはないでしょうか」

太一が言うと、立花は片方の眉を上げて笑った。

「もちろん、ある」

「どんなことですか」

「皐月賞前の金曜日と土曜日、そしてレース当日、フリーランドの単勝を買うのを手伝ってほしい。正直に申告して税金を払うつもりはねえから、お前に現金を渡して、それで買ってもらうことになる。大丈夫か」

「もちろんお手伝いします！　いくら買えばいいですか」

「五千万円だ」

聞き違いかと思い、太一が黙っていると、立花がつづけた。

「さっき言ったように、金曜日に五百万円、土曜日に千五百万円、日曜日に三千万円。金曜日と土曜日はそれぞれ百万円ずつ、投票数が多くなる日曜日は二百万円か三百万円ずつに分けて買えば、フリーランドのオッズを一気に大きく動かすことなく、上位人気の馬たちのオッズに旨味（うまみ）を感じさせることができるんじゃないか」

「確かに、できるかもしれませんけど、今回投資する五千万円全額を、ぼくが預かるということですか」

「そうだ。おれは、金曜日と土曜日、ハゲタカファンドの動きを牽制（けんせい）するためにやりたいことがある。日曜日は中山競馬場で動かなきゃならないことがあって、馬券を買っている時間がないかもしれない。どうだ、やってくれるか」

太一はごくりと唾を飲み込み、頷いた。

九　ウインフォー

皐月賞を一週間後に控えた週末、太一は、土曜日も日曜日も中山競馬場に行くことになった。土曜日は、「馬友」の若林和正と坂本姫乃と、日曜日は、同じ会社の伊藤優奈と行動をともにする。

天気予報のとおり、土日ともに、気持ちよく晴れた。

土曜日の中山メインレースは、芝一六〇〇メートルで行われる三歳馬限定のGⅡ、ニュージーランドトロフィーだ。三着以内になった馬たちに、三歳のマイル王を決めるNHKマイルカップへの優先出走権が与えられる。

太一は、前走のスプリングステークスで逃げて失速し、着外の七着に終わったレッドタイトルの単勝で勝負することにした。もともとバランスのいい馬体と、首を大きく使った走法を評価していた馬だ。前走から中二週と間隔は詰まっているが、追い切りの動きがよかったし、当日のパドックでも返し馬でも落ちついていた。さらに、前走より二〇〇メートル短いマイル戦というのがプラスに作用するように思った。

前走の惨敗で評価を下げていたため、競馬ポータルサイトの予想オッズでは三十倍以上ついていた。当日は二十倍ほどになっていたが、それでも十分「穴」と言える。

太一は、レッドタイトルの単勝を一万円買った。

来週の「本番」に向けての予行演習の意味もあった。

レッドタイトルは好スタートからすんなりハナに立ち、直線で二の脚を使って後ろを突き放し、二着に三馬身差をつけて重賞初制覇を果たした。

太一は二十二万六千円の払戻しを手にした。

いつものように若林と姫乃とオケラ街道を西船橋まで歩いた。

そして、これもいつものように、ツイッターのフォロワー数をチェックした。ブログに「レッドタイトルの単勝で一点勝負」と記し、それがリンクされている。先週のダービー卿チャレンジトロフィーを当てた直後で五千人を超えていたので、今回は六千人くらいだろうと思っていた太一は、思わず目をこすった。

何と、一万人を超えているのだ。

「どうした」

若林が太一に訊いた。

「い、いや、何でもない」

「ツイッターのフォロワーがまた増えたの？」

姫乃に言われ、思わず立ち止まった。

「どうしてわかったんだ」

それを聞いた若林が、太一のスマホを指さして笑った。

「どうしても何も、バレバレだぞ。先週も、先々週も、歩きスマホしながらニヤニヤして。お前は昔から隠し事ができないんだから、少しは自覚したほうがいい」

「で、何人になったの。太一のフォロワー」

と訊いた姫乃にスマホを見せた。

「一万ちょっと」

「すごいじゃん！」

「いやあ」

そんな話をしながら、西船橋駅に近い大衆割烹の店に入った。

「スプリングステークスのあとは焼き肉、マーチステークスのあとはイタリアン、ダービー卿チャレンジトロフィーのあとは中華、そして今日は和食か。四週連続で太一が勝って、その都度、上手い具合に食い分けてるよな」

乾杯のビールのグラスを手に若林が言った。

「来週も勝ったらどうするの。そろそろバリエーションが尽きるんじゃない」

と意地悪そうに笑う姫乃に、ウーロン茶のグラスを持った太一が言った。

「縁起の悪いこと言わないでくれよ。フレンチとか、インド料理とか、タイ料理とか、まだまだいろんな国の料理店が残ってるじゃないか」

「そっか。同じ日本料理でも、お寿司屋さんとか、すき焼き屋さんとか、しゃぶしゃぶのお店っていう手もあるしねー。ハハハ」

と姫乃はビールのグラスを空にし、カウンターの奥にいる店主にお代わりの合図を出した。

カウンターには数組の客がいるが、小上がりにいる自分たちの話し声は、耳を澄ましても届かないだろう。

太一は、若林と姫乃に、今週新たに得た情報を伝えた。さわやかフーズに買収の危機が訪れていること、立花が皐月賞でフリーランドの単勝を五千万円買うつもりであること、立花がフリーランドを歴史的名馬と同等に評価していること、そして、皐月賞の馬券購入を自分が頼まれたこと――と、順を追って話すうちに、若林と姫乃は少しずつ前のめりになって顔を近づけてきた。

「『のるかそるか』みたいだな」

若林が呟くと、姫乃が首を傾げた。

「何それ」

「三十年以上前のアメリカ映画だよ。ギャンブル好きのタクシー運転手が、人づてにある馬が勝つと聞いて、それを買ったら儲かった。もうギャンブルはしないと妻に言っていたのに馬券を買いつづけて妻と大げんかする。払戻しを全額別の馬に賭けて、また儲けて……と、いわゆる『転がし』をやって、最後に穴馬の単勝に大金をつぎ込むと、自分の投資のせいでオッズは下がるんだけど、見事的中。妻とも仲直りするというコメディさ」

「立花さんもおれも転がすつもりはないし、コメディでもないけど、まあ、オッズは動かしちゃうだろうな」

太一がため息まじりに言うと、姫乃がスマホで検索した画面を見せた。

「『のるかそるか』って面白そうだね。原題は『Let It Ride』。『そのままにしておく』とか『成り行きに任せる』っていう意味なんだって」

「成り行きに任せてハッピーエンドか」

「太一、声が震えてるよ」

姫乃に言われ、太一は自分の右手で左手を覆うように握った。そうしても、まだ震えが止まらない。

「オッズで思い出したんだけど、太一、綿貫賢造（わたぬきけんぞう）のブログは見ているか」

綿貫賢造は、血統分析をベースとした人気予想家だ。「ワタケン」の愛称で知られ、数年前、ＪＲＡで同時に開催されている三場のすべての特別レースを二週連続で的中させるなど、数々の実績がある。彼が提示する買い目のとおりに馬券を買うファンも多く、「オッズを動かす男」とも呼ばれている。

「いや、最近は見ていない。最後に見たのは去年か一昨年かな」

「最初は気のせいかと思ったんだけど、ワタケンのこのところのメインレースの買い目、お前の予想を見てからブログにアップしているみたいだぞ」

「え、嘘だろう」

太一はワタケンのブログにアクセスし、週末の予想ページをひらいた。

確かに、スプリングステークス、マーチステークス、ダービー卿チャレンジトロフィー、そして今日のニュージーランドトロフィーの前日の予想に「ワタケンのひらめき」というタイトルで追加した馬が、太一の本命馬と一致している。

「ほら、お前、スプリングステークスの前週の中山牝馬ステークスでも、ブログに書いた人気薄の馬が勝っていただろう。それで目をつけられたんじゃないか。ワタケンはこのところスランプで苦しんでいたからな」

「いや、やっぱり違うぞ」

自分のブログと照らし合わせ、太一が言った。「右下にブログに投稿した時間が表示されているだろう。それを見ると、どのレースも、おれがアップする前に『ワタケンのひらめき』がアップされてるぞ」

若林が首を横に振った。

「いや、こいつが使っているブログは、投稿するときに好きな時間をタイムコードで設定することができるんだ。実は、おれも、仕事でそこを利用して、大きな声では言えないことをしたことがあってさ」

姫乃がドンとグラスをテーブルに叩きつけた。

「訴えてやんなよ。プロバイダーに情報開示請求したら、正確な投稿時間もわかるはずだよ。弁護士なら紹介する。そいつに損害賠償請求して、さわやかフーズの救済資金に回してもいいんじゃない？」

それに若林が応じた。

「いやあ、ワタケンからは、取れたとしてもせいぜい数万円か数十万円だろう。放っておいていいんじゃないか」

「そうだな。でも、今日勝ったレッドタイトルのオッズ、やけに下がってるように感じたんだけど、ワタケンのせいだったとは、参っちゃうな」

「ねえ、もともとは太一の手柄なのに」

と、姫乃はまだ頬を膨らませている。

「それにしても、太一の引きの強さには、今さらながら、驚かされるな」

若林の言葉に姫乃が頷いた。

「うん、引きつけながら巻き込まれるの。十億円の『のるかそるか』」

「若も姫も、勝手なこと言わないでくれよ」

「こんなこと、一生のうちにたぶん二度とないだろう。一頭の馬の単勝を現金で五千万円も買うなんてさ」

「だからビビッてるんだよ」

太一は若林と姫乃に両手を見せた。さっきほどではないが、まだ少し震えている。

「逆に考えろよ。三十ちょいのサラリーマンで、こんなことができるやつ、ほかに絶対いないぜ」

「そんなこと言われたら、余計に緊張しちゃうよ」

「震えるほどの緊張感を味わえるなんて、考えてみれば幸せなことじゃないか」

「そりゃあ、オリンピック決勝に進んだアスリートとかならそうかもしれないけど、おれは普通のサラリーマンだぞ」

太一が言うと、姫乃がぷっと噴き出した。

「いや、普通じゃない。こんなにとんでもない目に遭う『スーパー巻き込まれ型人間』、そういるもんじゃないわ。こんな人、私は太一以外に知らないよ」

「それ、褒めてるんじゃなく、バカにしてるだろう」

眉尻を下げる太一に、若林が言った。

「おれは付き合いが長いからわかるんだけど、お前は何かを持っている。ほら、大学生のとき外国人の講師が来たらまずお前に質問していたし、ゼミの研究室の書棚が壊れたときはお前に向かって倒れたし、キャンプに行ったときお前だけものすごく蚊に刺されたし……、いいことも悪いことも、不思議と引き寄せるんだよ」

「まあ、ある程度は自覚してるけどな」

『のるかそるか』の主人公は、馬券を買わずにはいられないタチだったし、周りも盛り上がって、もう、買わざるを得ない状況でもあったわけだろう。いずれにしても、彼は、そんな自分が置かれた状況と、大金を賭けることと、そしてレースを楽しんでいた」

「でも、あれは映画だから」

「太一も、演じているつもりになったらどうだ」

と若林が太一のグラスにウーロン茶を注いだ。

「いやあ」

と首を捻る太一に姫乃が言った。

「そうだよ、楽しまなきゃ。どうせ自分のお金じゃないんだし」

「人の金だからビビるんだよ」

「じゃあ、自分でもたくさん買えばいいじゃん。ほら、心配なことや怖いことがひとつだけあるよりも、二つあったほうが、ひとつあたりの重さが半分になるじゃない」

「まあ、確かに、自分でも勝負すべきかもしれないな」

言いながら、立花の憔悴した顔を思い出した。「そうだな。自分のためじゃなく、会社のために、立花さんのために買ってみると、いいのかもしれない」

「ほら、太一の予想、ここ何週間かすごいじゃん。ワタケンとかいう予想家が盗作するくらいにさ。太一のことだから、儲けたぶんはデートに遣ったりしないで、ちゃんと貯金してるんでしょ」

と姫乃が笑った。

「あ、ああ」

「スプリングステークスから今日のニュージーランドトロフィーまでで、どのくらい貯まったんだ?」

若林がスマホに電卓を表示させ、計算を始める前に太一が答えた。

「ちょうど六十万円ぐらいだ」

そうした数字はつねに頭に入っている。

「それ全部、皐月賞に賭けちゃいなよ。太一にとっての六十万円って、立花さんにとっての五千万円ほどじゃないかもしれないけど、十分ドキドキする金額じゃん」

「そうだな、のるかそるか、だ」

太一がそう言って笑うと、若林が頷いた。

「おれも皐月賞に六十万円賭ける。太一と同じく、初めて、自分以外の人のために買うよ。押しつけがましい言い方になるけど、太一と、立花さんのために」

「私はさわやかフーズのために買う。二人と同じ六十万円。もしハゲタカファンドに買収されたら、もう美味しいサンプル食べられなくなるかもしれないもんね」

そう言って手を挙げた姫乃も、若林も、当たったら払戻しは太一に渡すと言う。

「それじゃあ申し訳ないから、おれの手元にある六十万円から、二十万円ずつ若と姫に渡すから、それで――」

と、太一が最後まで言う前に、若林と姫乃は手で制した。

若林が言った。

「そんなことをしたら、姫とおれのギャンブラーとしての構えが崩れる。他人のシューズを履いて走ったって、いいタイムは出せないからな」

「うん、私も、賭け事に遣うお金ってそういうものだと思う。同じ一万円札でも、手元にあるときは、ちゃんと持ち主の名前が書いてあるというか」

「若も、姫も……すまない、ありがとう」

さっきよりも、さらに、太一の声は震えてしまった。

「泣くなよ。酒に酔ってるわけでもないのに」

「はい、洟かんで」

姫乃がポケットティッシュを差し出した。パッケージの背面を何気なく見ると、差し込まれた紙に、東京都世田谷区の高級住宅地の住所と病院名のほか、「コロナワクチン接種は当院で」と記されている。

病院名は「坂本医院」だ。

太一がそれを見ていると、姫乃が恥ずかしそうに笑った。

「言ってなかったよね。うち、病院なの。祖父の代からつづく内科・耳鼻咽喉科。私が三代目」

「姫が、医者?」

太一が言うと、若林がつづいた。

「おれ、てっきり姫は馬券で食ってると思ってたよ」

「おれも」

「私って、白衣着てないと、なぜか無職に見られるの。これでも一応、月曜日から金曜日までうちの病院で診察して、火曜日と木曜日の午前中は母校の大学病院に行って、で、ときどき学会もあるから忙しいんだよ」

と、ビールのおかわりと、刺身の盛り合わせ、メゴチの天ぷら、ウナギの肝焼き、レンコンのきんぴら、そして厚焼き玉子を注文した。

「そっか、忙しいから、それだけ食べても太らないのか」

「うん、一日に一食だけだしね」

「えーっ！」

　太一と若林が同時に声を上げた。

「朝は牛乳かジュースしかお腹に入らないし、昼休みは、うちで寝ているか、大学病院からうちまで移動しているかでしょう。で、土日は競馬場にいるか、うちでずーっとオッズと睨めっこしているかだから、夜しか食べる時間ないもの」

　そう言って、またメニューをひらいてニコニコしている姫乃が、太一の目には、自分たちとは別種の生き物に見えてきた。

　その姫乃が不意に顔を上げた。

「太一から、立花さんのフリーランドの買い方を聞いておいてよかった。もし知らずにオッズバランスを見ていたら、ずいぶん悩んだと思う。金曜日は五百万円、土曜日は千五百万円、日曜日は三千万円、立花さんの買いが入るわけね」

「うん、金曜日は午後から仕事を休んで、ウインズ新宿と後楽園を行き来して、土曜日と日曜日は、朝、ウインズ一、二カ所に寄ってから中山競馬場に行くつもりでいる」

「太一ひとりじゃ無理だろう。金曜日は百万円ずつ五回だからまだいい。でも、土曜日は、朝から動けるにしても、十五回も別の場所で買わなきゃならないんだから。日曜日も、二百万円ずつ買ったとしたら十五回だ」

都内のウインズは、錦糸町、浅草、後楽園、銀座、汐留、新宿、渋谷と、それなりに数はある。が、電車と徒歩で移動するとなると結構時間がかかる。

「金曜日は会社からまず渋谷に出て、山手線で新宿、総武線で水道橋、錦糸町に行き、帰りに総武本線快速で新橋で降りて汐留まで歩けばいいと思っているんだ」

「時間的には間に合っても、危ないんじゃない。変な人に見られて、あとをつけられたりしたら怖くない？」

姫乃が言うと、若林がウーンと唸った。

「競馬場やウインズの中というのは、世間一般でのイメージは悪いかもしれないけど、実は非常に犯罪発生件数が少ないんだ。みんな、自分のことで精一杯だからな」

「確かに、警備員の数もすごいしね」

と姫乃が、いつの間に注文したのか、赤魚の粕漬けを箸でつつきながら言った。

立花が大きく頷いた。

「そのほか、ＪＲＡや関連会社の職員も相当な数が窓口の近くに張りついている。基本的にはファンサービスを滞りなくするためなんだが、何か起きたときの警察への連絡マニュアルの周知と訓練の徹底ぶりはすごいらしい。前にうちの会社で担当だった先輩が驚いていたよ」

「うん、金を扱う場所だからな」

「もうひとつ主催者にとって大事なのは、何かあったとき、責任の所在を明確にしておくことなんだ。要は、自分たちの責任ではないと断言できるようにするため、守りを固めているとも言えるんだけどな」

「じゃあ、怖いのは移動中だね」

　姫乃が言うと、若林が頷いた。

「だからといって、一部でもネット投票にすると、履歴が残るものな」

「うん、課税対象になるのは避けたい」

「じゃあ、太一、リスクを半分にしようぜ。金曜日は五回で済むとは言っても、お前が三回、おれが二回と分けたほうが、おかしな人間の目につく確率も下がる。で、土日はお前が八回、おれが七回にしよう。連絡を取り合って、三十分ぐらい時間を空けながら買っていけばいいだろう」

「そうしてもらえると助かるけど、いいのか」

「もちろんだ」

「ほんとは私も協力したいんだけど、今週末はうちにこもって、オッズと向き合いながら勝負するから。ごめんなさい」

「謝らないでくれ。その気持ちだけで嬉しいよ」

「手伝えないぶん、自分の六十万円の予想、頑張るね」

と、姫は青森の地酒を注文した。

「実は、おれも買い目が見えつつあるんだ」

と、若林が声を落とした。

「何かのサインが出ているとか、そういうことか」

太一の言葉に頷き、さらに声を低くして言った。

「うちの会社が官邸マターも請け負っているのは知ってるだろう。コロナ関連のアプリのシステム開発を受注して下請けに出して億単位の中抜きをして批判されたりしているやつだ。その案件に関して、明日から、SNSの噂話やネットニュースのコメントという形でリークするらしい」

そこまで聞いてピンと来た。

「もしかして、コロナの収束宣言か」

若林がゆっくりと頷いた。

「PCR検査の陽性者数、重症患者数、死者数、病床使用率、ワクチン接種率、国産ワクチンの製造見込み、諸外国との行き来のルール徹底などが一定の目標に達したということで、有識者会議のお墨付きをもらって、金曜日に発表、日曜日に宣言して、月曜日から発効、という絵図を描いているんだ」

「リークは、マスコミや、野党よりの人間たちの反応を見るためか」

「ああ、揺さぶりをかけて、収束宣言で内閣支持率が急上昇したところで解散総選挙に打って出るかもしれない」

「そうか。若が去年からずっと言ってた『コロナ馬券』、ついに出るかもな」

「かもじゃない。絶対に出る。なぜなら――」

若林がそう言うと、太一と姫乃が、

「競馬はそういうふうにできているから」

と声を揃え、笑った。

「そのとおり。おれは、高本先生が著作に書いていたように、特別な力を持つ、『競馬の神様』みたいな存在の采配があると思っているんだ」

若林は、競馬評論家の故・高本公夫をサイン馬券の師と仰いでいる。もちろん面識はないのだが、いつも「高本先生」と呼ぶ。

「コロナ馬券は、やっぱり『コ・ロ・ナ』の五、六、七の目、ということになるのかな」

「うーん、どうだろう」

「そもそも、皐月賞でサイン馬券が出るとは限らないんじゃないの。収束宣言が出る日曜日の第五レースと第六レースと第七レースなんてことになったらどうするのよ」

「いや、それはない。GⅠのある日は、絶対にGⅠレースにサインが隠されている」

「すべてのGⅠレースに?」

太一が訊くと、若林は即答した。

「おれはそう考えている。何度も言ってるように、それをおれたちが見つけることができたり、できなかったり、終わってから気づいたりするだけで、サインは必ず出されているんだ」

「そのサインが、フリーランドの優勝につながるものだと心強いんだけどな」

太一の言葉に姫乃が反応した。

「もし、サインがフリーランド以外の馬を示していたらどうするの」

「やっぱり、サインのとおりに買うだろうな」

「私も今、食べながらずっと考えていたの。今回は、立花さんの馬券が外れた場合の保険になるよう買うべきか。それとも、フリーランドが来るという前提で、立花さんが勝ったときに、そこにさらに上乗せしてさわやかフーズのためになるお金をつくるよう買うべきなのか、って」

「おれはそこを考えずにサイン探しに打ち込むつもりでいる。さっき言った、自分以外の誰かのために買うわけだから、そういうことを考えたくなるのもわかるけどさ」

「私がそれを考えているのは、ほかの人のために買うからでもあるんだけど、フリーランドをどう扱うかを最初に決めると、検討するのに扱うデータを絞ることができるからなの。予想の精度を高められる」

きっと姫乃は考えることでカロリーを消費しているから、食べたものが皮下脂肪にならないのだろう。ハモのユッケとチキン南蛮を頬張りながら、日本酒をあおった。「例えばね、勝負馬券をウインファイブにするなら、最後の五レース目はフリーランドの一点でいいから、私はウインフォーを買うつもりで考えればいいわけ。私、実は、ウインファイブって三回しか獲ったことないんだけど、ウインフォーまでなら何十回も当たってるのよ」

ウインファイブ（Win5）というのは、主催者が指定した後半の五レースの一着馬をすべて当てる馬券のことだ。その五レースが、開催されている三つの競馬場にまたがっていることもあって難解で、これまで何度も百円が一億円を超える払戻しになる大穴が飛び出している。あまりつかないときでも百円が数十万円になる高配当が珍しくない。五レースのうち四レースの一着馬が当たったときは「ウインフォー」、三レースのときは「ウインスリー」などとファンは言う。もちろん、払戻しはゼロである。姫乃がスマホの電卓を叩きながらつづけた。

「ウインファイブとウインフォーの差って凄（すさ）まじくて、仮に全部十八頭立てだとすると、五つのレースの一着を当てる確率は十八の五乗分の一だから百八十八万九千五百六十八分の一。それが四つのレースだと十万四千九百七十六分の一になるんだよ」

「百九十万分の一が十万分の一になるのか。当たる確率が十九倍高くなるんだから、そりゃデカいな」

と若林は頷いた。

「でしょう。ウインフォーにして、買う馬を半分に絞ると、九頭の四乗だから六千五百六十一通りか。百円ずつ買えば六十五万六千百円で、ちょっと予算オーバーしちゃうけど、フリーランドが一着に加わる馬券なら、絶対に百万円か二百万円以上になるし、ほかのレースに人気薄が来たら、一千万円馬券も期待できると思うんだ」

「ということは、姫は、ウインファイブで、皐月賞以外の四レース——阪神第十レースの心斎橋ステークス、中山第十レースの京葉ステークス、福島第十一レースの福島民報杯、阪神第十一レースのアンタレスステークスの絞り込みに、オッズバランス分析を駆使して専念する、というわけか」

若林が言うと、姫乃は頰を上気させて頷いた。目も赤くなっている。

いくら飲んでも変わらない姫乃が酔ったところを初めて見た。やはり、特別な精神状態で来週末を見据えているのだろう。

若林がまた声を低くして言った。

「ところで太一、軍資金はどこに保管するつもりだ」

「立花さんがウィークリーマンションを借りるらしい。で、あの人が用意した現金五千万円を、おれがそこか別の場所で管理することになっている」

「どこに借りるんだ」

「まだ聞いてない。木曜日の夕方まで、あえて知らせないようにするって」

「なるほど。じゃあ、おれが担当する二千三百万円を預かるのも、木曜の夕方以降になるわけか」

「金のやり取りに関しては、なるべく文字やデータで残る形は避けたほうがいいと立花さんに言われてるから、いろいろわかるのは直前だと思う」

「それが賢明だ。太一から聞いたさわやかフーズの現状に鑑みるに、壁に耳あり障子に目ありと思っておいたほうがいい」

「そうだな。立花さんとおれが会社で競馬の話をしていることを知っているのは本人同士だけだから、大丈夫だとは思うけど」

　話を聞いていないのかと思っていた姫乃が、不意に顔を上げた。

「けど、何よ」

「いや、もうひとりいるかもしれないけど、たぶん、よくわかってないと思う」

　商品企画室の伊藤優奈は、立花が競馬をすることを知っているかもしれない。競馬場での試食イベントについて何度か話したとき、立花が競馬に関して理解があることをほのめかすような言い方をしてしまった。まずいと思ったが、そのとき、特に意外そうな様子はなかった。

「女でしょう」

「ま、まあね」

「まあって何よ、まあって。どんな人なの」

「いや、商品開発部の中に商品企画室っていうのがあって――」

結局、優奈がどんな性格で、美人なのかどうか、太一と話すようになったのはいつごろからか、といったことばかりでなく、「競馬場に連れて行ってほしい」と言われたことまで白状させられた。が、明日、中山に一緒に行く約束をしたことは黙っていた。

「怪しいわね、その女」

姫乃が太一を睨みつけた。

「そ、そうかな」

「ハゲタカファンドか、立花さんと対立する派閥の役員の回し者じゃないの」

「いや、それはないと思う」

「どうしてわかるのよ」

「冷たそうに見えるわりに、この試食イベントの企画には熱を込めてやってくれているし、立花さんからも信頼されているみたいだし」

「頭のいい女なのよ、きっと。こういうことって、女に足を引っ張られて失敗することが多いような気がする」

「自分だって女じゃないか」

「だからわかるの」

そう言って眉を吊り上げた姫乃を、若林が横目で見て笑っている。

太一は、何年か前、

——女を怒らせたら、自分に非がなくても、とにかく謝れ。

と若林に言われたことを思い出した。

「そうか、ごめん。おれの見方が緩かった。気をつけるよ」

しかし、姫乃には通用しなかった。

「まさか、調子に乗って、皐月賞の狙い目とか、話してないでしょうね」

「いや、それは大丈夫だ」

こうして詰問されると、だんだん自信がなくなってくるが、間違いなく、優奈にフリーランドの話はしていない。

「本当に？」

と、太一の目を覗き込む姫乃に言った。

「万が一どこかから話が漏れて、おれたちがやろうとしていることを相手方に嗅ぎつけられたら困るから、これまで以上に口にチャックをするよ」

「どうだかね」

結局、姫乃の機嫌が悪いまま、この日は解散となった。

十　デート

日曜日の朝、太一は小さな後悔とともに目が覚めた。

どうして伊藤優奈との待ち合わせ場所を都内にしなかったのか。

都内の適当な場所で落ち合えば、ＪＲか地下鉄で西船橋まで行く道すがら、いろいろ話して距離を縮めることができたかもしれない。それなのに、何も考えず、西船橋駅で待ち合わせることにしてしまった。

それにしても、女の勘というのは恐ろしい、と、昨日の姫乃の様子を思い出してつくづく思った。

優奈のことを話す太一の様子から何かを嗅ぎ取ったのか。女という生き物には、自分には見えていないもの、聞こえていないもの、匂いのわからないものを感じ取る力がある、と思って接したほうがよさそうだ。

約束より十分以上早い、十一時五十分前に西船橋駅の改札を出ると、向かい側の壁の前に優奈が立っていた。

そこだけ別の光が当たっているかのように、優奈の姿が輝いて見える。

優奈は、太一に気づくとさっと表情を変え、小走りに二、三歩近づいてきてから、走ってしまったことを恥ずかしがるように俯いた。

「急なお願いだったのに、ご一緒してくださってありがとうございます」

そう言った優奈のメガネが、いつもかけている銀縁のものではなく、薄いピンクのフレームのものであることに気がついた。白いシャツの襟元からシルバーのネックレスが覗き、ロンシャンのネイビーのバッグを肩にかけ、同じ色のパンツに、黒の薄底パンプスという出で立ちだ。

「清楚」という言葉を女性の姿にしたらこうなる、という感じがした。

「いや、ぼくもひとりだと退屈だったから」

そう言ってから、これではまるで退屈しのぎに優奈と競馬場に行くみたいな言い方ではないかと後悔したが、優奈が、

「よかった」

と笑顔を見せたので、ほっとした。

競馬場に向かうバスでは、珍しく座ることができた。窓側に腰掛けた優奈に、専門紙「日刊競馬」と赤ペンを渡した。自分は「競馬ブック」を使う。

「これが一番見やすいと思うんだ。枠のところの色が、騎手が被る帽子の色と同じにな

っているから、レースが見やすくなるよ」

「ありがとうございます。コンビニかキオスクで買おうかとも思ったんですけど、勇気が出なくって」

「確かに、女の子には買いづらいよね。夕刊紙やスポーツ紙にも競馬面はあるんだけど、オッサン向けの派手な見出しが一面や終面にドーンと出てると、買うのを躊躇しちゃうだろうし」

「これは『うまばしら』と『ばちゅう』、どっちの読み方が正しいんですか」

　優奈が赤ペンで競馬新聞の馬柱を指して訊いた。

「どっちでもいいみたいだけど、何となく『うまばしら』と言っている人のほうが多いような気がするな」

「開催日の数字が白い丸なら良馬場、黒い丸で白抜きなら重馬場ですね」

「お、下調べしてきたんだね」

「はい。競馬用語と競馬新聞の読み方を調べて、ユーチューブで昔のレースの動画を見ているうちにすごい時間が経っちゃって。寝ようとしても、来るのが楽しみで、ぜんぜん眠れませんでした」

　自分に会うのが楽しみで眠れなかったわけではないとわかっていても、悪い気はしなかった。

バスは、競馬場の西を南北に走る県道松戸原木線を北上し、中山競馬場の南門の近くで左折し、競馬場のバスターミナルに入る。

降りてすぐ競馬場の中央門がある。ここは地下のフロアで、松戸原木線の下をくぐってスタンドに入ることになる。

「前に話した『ターフィーショップ』という売店が、この先の左手にあるんだ」

「馬のグッズや本などがあるところですね。あ、すごーい」

優奈はターフィーショップの店先のワゴンに山積みになった馬のぬいぐるみを見て声を上げた。ぬいぐるみのほかにも、馬のイラストが描かれたマグカップやエコバッグ、タオル、クリアファイル、シャツなど、さまざまな種類の馬グッズがある。

店内には、騎手が着る勝負服のレプリカやゼッケンのレプリカ、勝負服の柄をあしらったマスク、人気馬の馬名ロゴのついたキャップ、ストラップ、キーホルダー、ネックレス、ネクタイ、靴下、さらには競馬関連の書籍や雑誌、ＤＶＤなどが所狭しと並べられている。

優奈は「可愛い」「いいなあ」「これ面白い」などと言いながら、馬のグッズを眺めている。会社で見ていた彼女のイメージからは、資料として店内をスマホのカメラで撮影したり、商品リストを作成したり、棚の寸法を測ったりしそうに思われたが、ただ純粋に楽しんでいるように見える。

その優奈が、写真集や名馬物語などが並ぶ棚の前で立ち止まり、島田明宏の競馬ミステリーシリーズの一冊『ダービーパラドックス』を手に取った。太一が「それ、なかなか面白いよ」と言おうとしたら、優奈は一、二ページめくっただけで棚に戻し、店内を見回した。そして、

「ここにうちの商品が並んだら、嬉しいでしょうね」

急に耳元に顔を近づけてきてそう言った。

ドギマギして顔が赤くなってしまったが、気づかれなかったようだ。

「じゃあ、そこのエスカレーターを上がって、パドックに行こうか」

「はい、下見所（したみじょ）ですね」

隣を歩く優奈の肩が何度も太一の腕に触れた。太一は、それをそっと避（よ）けるように体を入れ替え、優奈が先にエスカレーターに乗れるようにした。後ろから見ると、背中まで伸びた黒髪が深い艶をたたえている。これが馬の毛艶なら、評論家が絶賛するだろう。

パドックを周回する馬たちを見た優奈は「うわっ」と小さく声を上げた。第六レースの三歳一勝クラスに出走する馬たちだ。

「ここを十五分か二十分くらい歩いてから、騎手が乗って、それからコースへと歩いて行くんだ」

「そうなんですか。馬って、こんなにピカピカだと思いませんでした。たてがみを綺麗

に編んでいる馬もいるんですね。あれ、尻尾についている赤いリボンは？」

「あれは、蹴る癖があるから気をつけるよう、ほかの関係者に知らせるためのもの。だから、競馬ファンの間では、気が強い女の子のことを『レッドリボン』なんて呼ぶこともあるんだ」

「へえ、面白いですね」

優奈はバッグからスマホを取り出し、馬や横断幕などの写真を撮りはじめた。「ファンがつくる横断幕もすごく綺麗。馬や騎手ばかりじゃなく、厩舎や馬主や牧場を応援する横断幕を出す人もいるんですね」

係員が「止まーれー」と声を上げ、つづいて騎手がそれぞれの騎乗馬のほうへ駆け寄って行く。

「新聞の騎手名の上にある五十五キロという数字は、騎手の体重と勝負服や長靴など身につけているもののほか、鞍（くら）や腹帯（はらおび）、鞭なんかの馬具も合わせた重さなんだ。だから、騎手は、背の高い人でも五十一キロくらいしかないんじゃないかな」

「それでみんな細いんですね。減量とか大変そう」

出走馬がパドックから馬道へ入って行くと、太一と優奈もパドックを出て、スタンドの横を抜けてコース脇へと移動した。

「中山競馬場は右回りなんだ。このレースは芝一六〇〇メートルだから、あっちの引き込み線からスタートして……」
という太一の説明は、優奈の耳を素通りしているようだ。
優奈は両手で口を覆い、コースを見つめている。
「すごい、競馬場って、こんなに広いんだ」
「東京競馬場はもっと広いよ」
「あ、走り出した。うわー、速い。カッコいい！」
会話は嚙み合わなかったが、優奈が競馬場で見るものすべてに心を動かされていると
いうだけで、太一は幸せな気分になった。
このレースの馬券は買っていなかったのだが、優奈は、ゴールを目指して抜きつ抜か
れつする馬たちに「頑張れー、負けるなー！」と声をかけ、ゴール後、「よし！」と拳
を握りしめ、上気した顔を太一に向けて笑った。
一生懸命走っているすべての馬を応援したくなる気持ちを、太一も、競馬を始めたば
かりのころは確かに持っていた。それを彼女が思い出させてくれた。
午後一時過ぎ、レストランが空きはじめる時間を見はからって食事をした。太一が
「馬券に勝つ」べく、ゲンを担ぐ意味でカツ丼を注文すると言ったら、優奈もカツ丼に
した。
競馬場で用を足すとき、大きいほうをすると「ウン」を落とすからやめたほうがいい

と言われていることを伝えるべきかどうか迷ったが、それは言わずにおいた。

二階や三階からレースを見たり、内馬場で子供たちが遊べる「うまキッズひろば」を眺めたりして、また、メインスタンドに戻った。

場内を移動しながら立花の姿を探していたのだが、見当たらなかった。優奈とのやり取りに気を取られて、周囲をちゃんと観察できない時間もあったが、だんだん、もし立花に会ったら会ったで仕方がない、という気持ちになってきた。

パドックの片隅に座り込んでコップ酒を飲む男の前を通るときも、優奈は表情ひとつ変えなかった。見た目よりずっと肝が据わっているのかもしれない。

午後三時になろうとしていた。

「おれ、桜花賞だけは馬券を買うつもりだけど、伊藤さんはどうする」

「私も買います。実は、予習をしてきたんです」

そう言って優奈はスマホのメモに記した買い目を見せた。

■桜花賞
　がんばれ馬券　三番、五番　百円
三連単　三番と五番　軸二頭マルチ　全部の馬　百円

「がんばれ馬券」は単勝と複勝がセットになったもので、一頭のそれを百円買うと二百円になる。二頭分買うので四百円。三連単の軸二頭マルチというのは、軸として選んだ二頭が三着以内に入れば的中するというもので、十八頭立ての場合は九十六通りなので九千六百円。合わせてちょうど一万円というのが、しっかりした彼女らしい気がした。

「よく、軸二頭マルチなんて難しい買い方を知ってたね」

「勝ってほしい二頭がどっちも頑張ってくれた場合、一番大きな払戻しになる馬券を獲るにはどうしたらいいかと考えました」

三番のスカイレディは前年の二歳女王を決める阪神ジュベナイルフィリーズで二着になった有力馬だが、五番のクールミーは人気薄だ。

「おれは八番のユアラベンダーから買うつもりだから、伊藤さんがピックアップした二頭との馬連ボックスにするよ」

ユアラベンダーはトライアルで三着になってギリギリ権利を獲った馬だが、道中、他馬に囲まれて動けなかったり、直線でもなかなか前が開かなかったりという不利をはね除けての三着だけに価値があると見ていた。

単勝は十二倍ほどの五番人気という評価だ。

これも昨夜ブログに推奨馬としてアップした。まさかと思って綿貫賢造のブログを見たら、「ワタケンのひらめき」にユアラベンダーを挙げていた。金曜日の前々日発売や、土曜日の夜九時ごろまで、つまり、「ワタケンのひらめき」がアップされるまでは十六倍から十八倍ほどついていたのだが、ワタケンの影響力でオッズが変わったのか。

「書き方、これでいいですか」

優奈の顔がすぐそこにあったので驚いた。

がんばれ馬券の買い目と、三連単の買い目を塗りつぶしたマークシートを一枚ずつ手にしている。

「うん、完璧」

「では、行ってきます！」

と、優奈は券売機へと走って行った。

その姿を見ていると、ワタケンのことなどどうでもよくなってきた。

太一は、ユアラベンダーの単勝を五千円、三、五、八番の馬連ボックスを千円、つまり三千円、合計八千円の馬券を買った。

中山のメインレースの春雷（しゅんらい）ステークスを見て、桜花賞の発走を待っているとき、優奈の表情が少し沈んでいるように見えた。

「どうしたの、具合でも悪いの」

「いや、そうじゃなくて、考えちゃったんです」

「何を」

「お金の遣い方です。一万円って、けっして小さくない買い物ですけど、こういうふうに遣っていいのかな、って。罪悪感があるというか、何か、すっきりしない感じがして。競馬場に連れてきてほしいとお願いしておきながら、こんなことを言うのは失礼だとわかっているんですけど」

「別に失礼じゃないよ。伊藤さんとは逆に、ギャンブルの、金を賭ける背徳感みたいなものがいいという人もいるし、感じ方はいろいろだから」

「我ながら、頭が固いんだと思います。こういう遣い方をしたのは初めてだから、自分を納得させる何かが必要なのかもしれません」

「そう考えるのは伊藤さんだけじゃないよ。馬券を買ったとき、自分は一体何に金を遣ったのかって、立ち止まってしまう人はけっこういるんだ。ぼくがやっているのは、吉川英治のやり方の真似でさ」

「吉川英治って、『三国志』とか『宮本武蔵』とかの？」

「うん。国民的大作家。吉川は、馬券好きが嵩じて、馬主として競走馬を所有していたこともあったんだ。皐月賞を勝ったケゴンという馬が代表的な所有馬かな。吉川は、今はなくなった横浜の根岸競馬場のコースが見える家で生まれ育ってね。近くに住んでいた神崎利木蔵という騎手に憧れて、自分も将来は騎手になりたいと思っていたんだって」

「へえ。もし吉川英治が騎手になっていたら、日本の文学史は変わっていましたね」

「ああ。で、ぼくが真似しているのは、競馬場への金の持って行き方なんだ」

吉川は、著書『折々の記』所収の「競馬」にこう書いている。

〈私は、以前の一レース二十円限度時代に、朝、右のズボンのかくしに、十レース分、二百円を入れてゆき、そのうち一回でも、取った配当は、左のかくしに入れて帰った。（中略）左のポケットに残って帰る分は、たとえいくらでも、儲かったと思って帰ることなのである。——だから私は、どうです馬券は、と人にきかれると、負けたことはありません、と常に答えた。帰り途も、いつでも、朝の出がけの気もちのまま、愉快に帰るために考えついた一方法である〉

「かくし」とはポケットのことだ。右のポケットに入れた馬券代は損得関係なしの「楽しみ料」で、左のポケットに入れた払戻金はすべて「儲け」ということになる。儲けが馬券代より多いか少ないかは関係なかった。

太一がそう話すと、優奈は、

「いいですね、それ」

と声を弾ませた。

「吉川英治みたいにせず、その都度財布から出して買うほうが、この金でほかにどんな
ことができるかを考えるから、そういう意味ではいいのかもしれない。だけど、いつも

勝つわけじゃないから、苦しくなることもあってさ。苦しみながらギャンブルをするのはよくないような気がするから、ぼくは吉川流に、競馬場では金を分けるようにしているんだ」

「私も次からそうします」

優奈がさり気なく口にした「次」も、太一が横にいるのだろうか。

そんなことを考えていると、桜花賞のファンファーレが鳴った。

優奈は、観客がファンファーレに合わせて手拍子をする映像をターフビジョンで見ながら、祈るように手を合わせている。

ゲートが開くと、太一が本命にしたユアラベンダーが好スタートを切り、単騎で先頭に立って向正面を進んだ。本命サイドのスカイレディは中団、人気薄のクールミーは後方につけている。

繊細で気難しい三歳牝馬の争いである桜花賞は動きの激しい競馬になりやすいためか、逃げ切りで決まることが少ない。

太一は、ユアラベンダーの単勝馬券が紙屑になることを覚悟した。

――少しでも楽に逃げて、最後の直線で踏ん張って、二、三着に残ってくれ。

ユアラベンダーが二番手を二馬身以上離した単騎先頭のまま直線に向いた。

阪神芝外回り一六〇〇メートルの直線は長い。瞬発力を武器とする馬が、前で粘る馬たちを楽々呑み込んでいくだけの距離が十分にある。

ところが、ラスト四〇〇メートルを切っても、まだユアラベンダーが先頭をキープしている。後続との差も詰まっていない。速い末脚を持つ有力馬が互いに牽制し合ってスパートを遅らせているのだ。

ラスト三〇〇メートル地点でもユアラベンダーの鞍上は手綱を持ったままだ。

ラスト二〇〇メートル付近で、後続の騎手たちが、ユアラベンダーを舐めすぎていたことにようやく気づいたらしい。手綱を絞って騎乗馬の首を押し、鞭を入れる動きが急に激しくなった。

ラスト一〇〇メートル付近で、二番手グループから抜け出したスカイレディがユアラベンダーとの差を詰めてきた。そして、大外から、後方に控えていたクールミーが凄まじい脚で伸びてくる。

あと五秒ほどで勝敗が決する。

まだユアラベンダーは失速しない。

「よし、そのまま!」

太一が新聞を握りしめ、自分の腿を叩いた。

隣に立つ優奈が、太一の左腕をつかんだ。優奈の手にこめられた力が少しずつ強くなっていく。

ゴールまであと三完歩、二完歩、一完歩。

「頑張れ！」

という優奈の声に応えるようにユアラベンダーが大きく四肢を伸ばし、先頭でゴールを駆け抜けた。

二着はスカイレディ、三着はクールミー。

太一はユアラベンダーの単勝と馬連、優奈はスカイレディとクールミーの複勝と三連単を的中させた。

「やったね。伊藤さんも、ぼくも勝ったよ」

「そうなんですか」

と言いながら、太一の腕を握りしめていたことに初めて気づいたらしい。慌てて手を引っ込め、ターフビジョンのリプレイ映像を見つめた。「本当だ。三番と五番がどっちも三着以内に入ったから、がんばれ馬券と三連単が当たったんですね」

「たぶん、この三連単、二十万円くらいつくぞ」

「どういう意味ですか」

「百円が二十万円になる、っていうこと」

「えーっ⁉」

「ぼくも伊藤さんのおかげで確実に万馬券になる馬連を獲れたよ。ありがとう」

「いや、ちょっと待ってください。今の一分半くらいの間に、私の百円が二十万円になった、っていうことですか」

優奈がそう言ったとき、ターフビジョンと場内のモニターに払戻しが表示された。

「正確には二十二万五千円。いや、それに複勝の二百五十円と七百三十円が加わるから、二十二万五千九百八十円だ。おめでとう」

「え、そんな……」

払戻機で金を受け取るときも、優奈はまだ落ちつかない様子だった。

太一は、千二百五十円の単勝を五千円で六万二千五百円と、一万六千二百円の馬連を千円で十六万二千円の、合わせて二十二万四千五百円という、優奈のそれとほぼ同額の払戻しを手にした。

これでまた、皐月賞の元手が増えた。

都内へと向かうJR総武線の車内で、太一はスマホでそっとツイッターをチェックした。フォロワーが一万五千人を超えていた。やはり、GⅠのインパクトはすごい。

スマホをポケットに入れ、優奈に訊いた。

「新宿あたりでご飯食べる時間ある？」

優奈は頷き、

「はい。そのあと、送ってもらってもいいですか。怖いので」

と小声で言い、膝に置いたロンシャンのバッグを両手で押さえるようにした。

確かに、二十二万円の現金を持って夜道をひとりで歩くのは危ないかもしれない。

「もちろんオッケーだよ」

優奈の自宅の最寄り駅は、確か高円寺だ。太一にとっては遠回りだが、そのぶん優奈と長く一緒にいられるのが嬉しかった。

勝ったあとは前週と違う種類の店で食事をするというゲン担ぎをしている太一としては、優奈が新宿でどんな店がいいと言うかドキドキしたが、何でもいいと言うので、ゆば料理をメインとした健康食レストランにした。

高円寺駅でＪＲ総武線を降り、南口から高南通りを南へと歩いた。しばらく黙っていた優奈が、思い出したように言った。

「もし私が、最初から決めていた三連単の馬券じゃなく、松原さんが一番いいって言った馬と、私ががんばれ馬券を買った二頭だけの三連単にしていたら、すごかっただろうな、って考えていたんです」

「おれの本命を軸にして伊藤さんの二頭に流しても、買い目は二通りしかない。合計が実際に買った額と同じ一万円だとすると、五千円ずつになるね」

「だとしたらは、払戻しは――」

「千百二十五万円」

太一が言うと、優奈がため息をついた。

「実は、競馬場で一瞬、そうしようかなと思ったんです。ご飯を食べて落ちついたら、急に悔しくなってきて。でも、何か、こんなことを考えてしまうのは恥ずかしいです」

「いや、そういうもんだよ」

「競馬って、面白いけど、怖いですね」

「うん、本質を言い当てていると思う」

「そうですか」

信号を左に曲がって、右の小道に入ったところで優奈が立ち止まった。「家は、ここから二本先の道を左に曲がったところです」

「ここで大丈夫？」

「はい。両親にはひとりで出かけると言ってきたので、家の前まで送ってもらって、もし会ったらびっくりしちゃうから」

優奈がそう言ったとき、彼女の背後から車が来た。狭い道だ。車から遠ざけようと、優奈の左肩に手をかけたら、自分のほうへ引き寄せる格好になった。

優奈の吐息が太一の首筋に当たった。メガネがかすかに曇っている。

車のエンジン音が遠ざかって行く。

肩にかけた手に少し力を入れた。

優奈が一歩こちらに近づいて、目を閉じた。

太一は優奈に唇を重ねた。

優奈はただじっとしていた。

何秒ほどそうしていただろうか。太一がそっと離れると、優奈はバッグを抱え直して何度も瞬き（まばた）をしながらお辞儀をし、背を向けた。

彼女が二本先の角を左に曲がったのを確かめてから、太一は高円寺の駅へと戻った。

十一　サイン

自宅マンションに帰っても、まだ太一の足元はふわふわしていた。

――優奈への接し方は、あれでよかったのだろうか。

女を知らないわけではないが、片手で足りる人数しか経験がない。初めてのデートでキスというのは、急ぎすぎたのか。

ウーロン茶を片手に、来週の皐月賞の登録馬のデータでも見ようとスマホを手に取ると、LINEのメッセージランプが灯っていた。

優奈からだった。

「今日はありがとうございました。とても楽しかったです。払戻金は、今勉強中の資格試験の費用にします（私、資格マニアなんです）。また競馬場に連れて行ってください」

思わずガッツポーズが出た。

すぐに返信した。

「こちらこそありがとう。来週の皐月賞の日は用事があるから無理だけど、ダービーを一緒に見られたらいいね。おやすみなさい」
送信した数秒後、馬が眠っているイラストのスタンプが送られてきた。

翌日、月曜日の昼休み、いつものように「週刊競馬ブック」と「週刊ギャロップ」を買った。表紙に大きくプリントされた「皐月賞」の文字が、これまで以上に重々しい意味を持っているように見える。

午後、商品開発部のフロアに顔を出したとき、優奈と目が合った。先週までと同じように、軽い会釈を交わした。

今週末、皐月賞での大仕事がなければ、週内に食事にでも誘いたいところだが、時間的にも、精神的にもそんな余裕はない。

夜、スーパーで半額になっていた刺身の盛り合わせを即席の海鮮丼にしてかき込んでから、ブックとギャロップに載っている、皐月賞出走馬の調整過程や陣営のコメント、トラックマンの評価などを丹念に読み込んだ。

出走馬の馬体を左横から撮ったカラーグラビアの「フォトパドック」も、穴があくほど見つめて吟味した。

やはり、臨戦過程も、状態の上昇度も、フォトパドックの前走時の写真との比較でわかる成長度も、インスティテュートが突出しているように見える。

ブックとギャロップともに、皐月賞登録馬の馬柱で、フリーランドの騎手の欄が「こ」となっている。これは騎手未定を意味する。これまで乗っていた三島治人が降ろされたのだ。三島は毎年リーディング上位につけており、それなりに腕は立つのだが、結局、フリーランドを御し切ることはできなかった。

スプリングステークスで逸走しながらも五着を確保したあと、陣営は、フリーランドを真っ直ぐ走らせるため手を尽くしてきた。

「逸走した原因はひとつではない」

管理調教師の岡本一馬はそう話し、まず、馬が口にくわえて騎手からの指示を受け止める馬銜(はみ)を、「ジェーンビット」という、左右への動きを制御しやすい形状のものに替えた。それを装着して、周回のダートコース、ウッドチップコース、坂路コースと場所を変えながら、一頭だけで走らせたり、集団で走らせたり、角馬場(かくばば)と呼ばれる小さな運動馬場で「8」の字に周回運動させるなどしてきた。

そうしてコーナーで逸走しなくなったことを確認したうえで、皐月賞の一週前追い切りから、馬銜を通常の形状のものに戻した。ジェーンビットより横方向の動きのコントロールはしづらくなるが、そのぶん、騎手の指示に反して前に行こうとする、いわゆる「引っ掛かる」状態になった馬を抑えるなど、縦方向、すなわち前後方向の制御がしやすくなる。フリーランドは、レース中に他馬と接触したり、スタンド前で観客の声援を聞いたりすることでスイッチが入って引っ掛かることがままある。そのため、調教師の岡本は、悪癖を矯正したら、馬銜を元に戻すことを早い時点から考えていたようだ。

競馬週刊誌でも、スポーツ新聞でも、競馬ポータルサイトでも、フリーランドに関する記事には「悪癖は矯正された」「逸走癖は影をひそめている」と記されている。

火曜日の午後、フリーランド陣営から、皐月賞の新たな鞍上に田口拓也を起用する、と発表があった。「タグタク」のニックネームで知られる田口は、地方競馬の南関東で突出した成績をおさめ、十年前、ＪＲＡに移籍してきた一流騎手だ。今年三十七歳。移籍初年度からリーディングのトップ争いをし、数々のビッグレースを勝ってきた。前年の朝日杯フューチュリティステークスを勝ったお手馬が、トリッキーな中山コースが舞台となる皐月賞をスキップして東京コースのＮＨＫマイルカップに向かうことになったため、皐月賞での騎乗馬がなくなっていたのだ。

田口は、抜群のスタートセンスと天性のペース判断、気性の激しい馬をなだめる当たりのやわらかさ、馬群の隙間を縫うように走らせる技術、ゴーサインを出してから馬を動かすパワー……と、騎手に必要なものすべてを持っている。身長百七十センチと騎手にしては長身で、長い手足を折り畳んだフォームは美しく、端正なルックスと、インタビューなどでの爽やかな語り口と相まって、タレント並みに人気がある。

さらに、これが最も大きな魅力でもあるのだが、重馬場を得意とする馬に乗ったら土砂降りになったり、揉まれさえしなければいい騎乗馬を選んだら大外枠を引き当てたりと、理屈では説明できない「強運」を持っている。

フリーランドは、調教では逸走癖を見せなくなっている。

万が一、レース中にまた悪癖を見せそうになっても、馬を御す技術にかけては天下一品で、強運の持ち主であるタグタクなら何とかしてくれる——。

フリーランド陣営はそう期待して騎乗を依頼したに違いない。

しかし、逆に考えると、もし、田口でさえ真っ直ぐ走らせることができなければ、フリーランドは、今度こそ競走馬失格の烙印を捺されてしまうだろう。

皐月賞四日前の水曜日、フリーランドの追い切りを兼ねた平地調教再審査が行われた。

田口を背にしたフリーランドは、美浦トレーニングセンターのウッドチップコースの第四コーナーを綺麗に回り、直線でも真っ直ぐ走り切った。

フリーランドは、平地調教再審査を一発でパスした。

太一はそれを、ネットのニュースで知った。

夜、仕事から帰ってテレビの競馬専門チャンネルをつけると、ちょうど、皐月賞に出走する馬たちの調教VTRと、共同記者会見のダイジェストを放送していた。

一番手は、太一が軸にしようと思っているインスティテュートだった。

まずは、今朝早くに美浦トレセンで行われた調教映像が流れた。坂路コースを単走で真っ直ぐ駆け上がってくる。首を上手に使い、フットワークに乱れはない。先週行われた一週前追い切りで主戦騎手の池山栄介を背にビッシリ追われているので、今日は、調教助手を乗せ、サッと流す程度にとどめられた。

池山が会見で話しはじめた。

「一週前にぼくが乗ってかなりのレベルまで仕上げ、当週は助手さんが乗って調整するという、いつものパターンです。ぼくが乗ると、馬に気持ちが入りすぎて、レース前に消耗してしまう恐れがありますからね。スプリングステークスを勝ちはしましたけど、出遅れたり、四コーナーでゴチャついたりと、スムーズな競馬ではなかった。状態も八十パーセント程度だったのですが、先週の時点で九十パーセント、今日で九十五パーセントになって、皐月賞当日、百パーセントになっていると思います」

管理調教師の鮎川知之の表情も自信に満ちていた。

「力が漲っていて、抑えるのに苦労するほどでした。本番が近いことを馬が察して、自分で体をつくろうとしているのでしょう。今週に入ってから若干カイバを残していますが、心配はありません。前走後は、また出遅れないよう、メンタル面のケアに重点を置きながら、ゲート練習もしています。だいぶゲート内での駐立にも進境が見られ、競走馬として成長していることが伝わってきます。戦術は、池山君に任せます。あれほどの騎手ですから、きちんと答えを出してくれるでしょう」

その後、部屋の掃除や明日の仕事の準備などをしながらテレビをつけっぱなしにしておくと、フリーランドの調教映像が流れはじめた。

スムーズに四コーナーを回り、直線で鞍上の田口が軽く仕掛けると瞬時に加速し、内で並走していた馬を三、四馬身突き放した。

会見の映像に切り替わった。まずは、今朝の追い切りで初めてフリーランドに騎乗した田口のインタビューからだ。

「跨(またが)ったのは初めてですが、これまで何度も同じレースで戦っていますし、どんな馬か、ある程度把握しているつもりでした。思っていた以上にいい馬ですね。乗り味がやわらかくて、反応が鋭い。非常に頭がよくて、敏感なところがあるので、それがこれまでは悪い方向に出ていたのでしょう。作戦は、ゲートが開いてから考えます」

好感触を得たらしく、そう言って笑顔を見せた。

つづいてカメラの前に座った、調教師の岡本も満足げだった。

「非常にいい調整ができています。ご覧いただいたとおり、今日も、ジェーンビットを使わなくても真っ直ぐ走ってくれました。以前は真っ直ぐ走ること以外のところでムダな力を使うことが多かったのですが、ちゃんと走るようになったので、バランスよく筋肉に負荷がかかるようになり、馬体も充実しています」

これまで逸走した原因を問われると、こう答えた。

「一番は、性格がヤンチャだったことです。気分屋で、人間の指示に素直に従うこともあれば、突然反発することもあった。幼かったんですね。この時期のサラブレッドは人間で言うと高校二、三年生くらいでしょう。子供っぽさもあるぶん、成長も早い。スプリングステークスから今日まで三週間と少し経ちましたが、人間なら三カ月くらいに相当しますかね。この中間も大人になっています」

二度逸走した中山に関しては、こう話した。

「この馬は左手前で走るのが好きなんです。だから、右手前でコーナーを回っていても、早めに左手前に替えようとする。あとは、中山名物でもあるゴール前の急坂ですね。直線に向くと、ドーンとあの坂が正面に見えるから、嫌になっちゃうんじゃないですか」

岡本の言葉に、会見場から笑いが起きた。

手前というのは、馬が走るときの前脚の出方のことだ。右前脚を左前脚より前に出して走っている状態を「右手前」、左前脚を右前脚より前に出して走ることを「左手前」と言う。右コーナーを回るときは右手前で走り、コーナーを回り終えて直線に入ったら左手前に替えて走るのが普通だ。手前を替えずに走りつづけると、体の同じ部分に負担がかかりつづけるため、いいパフォーマンスを発揮できなくなってしまう。

気性的な問題、手前の好み、そして中山のコース形態といった、複数の要因が少しずつ作用して、あの逸走につながったと岡本は考えているのだろう。

この番組は、有力馬から順に調教映像と会見の模様を流していく。

インスティテュートが最初に紹介されたということは、この馬が本命視されていることを意味する。フリーランドはちょうど真ん中ぐらいだった。

太一は、スマホで競馬ポータルサイトの皐月賞登録馬のリストをひらいた。そこに予想オッズが記されている。実際のレースでも、いつもだいたい同じくらいの数字におさまっている。オッズの下に記されているのは、主な実績だ。

インスティテュート　二・〇倍　スプリングS一着
マタキチ　三・五倍　弥生賞D記念一着
ボルトン　五・五倍　共同通信杯　一着
ソーグレイト　十一・〇倍　スプリングS二着
トキノウジガミ　十六・〇倍　ホープフルS一着　二歳王者
フリーランド　二十二・〇倍　きさらぎ賞　一着

週明けにチェックしたときも、インスティテュートが一番人気という予想だった。オッズもほとんど変わっていない。しかし、フリーランドは三十倍ほどついていたのに、今日の追い切りと陣営のコメントが好材料となったのか、二十二倍に下がっている。田口が乗るというだけでオッズが下がる「田口人気」も影響しているのか。

太一は、タブレットにキーボードを接続し、インスティテュートとフリーランドのデータを表示させた。

■インスティテュート（牡三歳、父エピファネイア、美浦・鮎川知之厩舎、エスレーシング所有、ノースファーム生産）

新馬戦　八月二十×日　札幌芝二〇〇〇M　一着　一馬身
百日草特別　十一月×日　東京芝二〇〇〇M　一着　頭
ホープフルS　十二月二十×日　中山芝二〇〇〇M　二着　タイム差なし
共同通信杯　二月十×日　東京芝一八〇〇M　三着　〇秒二
スプリングS　三月二十×日　中山芝一八〇〇M　一着　三／四馬身

■フリーランド（牡三歳、父ディープインパクト、美浦・岡本一馬厩舎、岸田権蔵所有、千歳（ちとせ）ファーム生産）

新馬戦　九月十×日　中山芝二〇〇〇M　一着　三馬身
ジュニアC　十月二十×日　中山芝二〇〇〇M　一着　四馬身
ホープフルS　十二月二十×日　中山芝二〇〇〇M　競走中止　四角逸走

きさらぎ賞　二月×日　京都芝一八〇〇M　一着　二馬身
スプリングS　三月二十×日　中山芝一八〇〇M　五着　〇秒六

やはり、伝統あるクラシック三冠競走の皮切りとなる皐月賞を勝つのにふさわしいのはインスティテュートのように思える。

昨年、二歳のときの最大目標をホープフルステークスに定め、そこから逆算したローテーションで臨み、タイム差なし、首差の二着と好走した。

そして、年明け初戦の共同通信杯と二戦目のスプリングステークスを経て皐月賞本番というローテーションも青写真どおりだ。スプリングステークスでは皐月賞の出走権さえ獲得できればよかったので、二着や三着でも十分だったのだが、能力の違いで勝利という結果が導き出された。

もとより、今週末の皐月賞、来月の日本ダービーと、どんどん状態を上げていくための仕上げをしてきたわけだから、今、まさに右肩上がりの上昇気流に乗っている。

ホープフルステークスを逃げ切って二歳王者になったトキノウジガミは、今年に入ってから状態を落とし、きさらぎ賞ではフリーランドから十馬身ほど離された六着に沈んでいる。ホープフルステークスは、逃げ・先行馬に有利なスローペースになってしまったがゆえに、インスティテュートが差し届かずに終わった。力負けではなかった。能力と状態を含めた総合力で、インスティテュートのほうがトキノウジガミより遥かに上で、それを競馬ポータルサイトの予想オッズも示している。

予想オッズで二番人気のマタキチは、デビューから無敗のまま弥生賞ディープインパクト記念で強い勝ち方をした。しかし、馬場が傷む時期であることを考慮しても勝ちタイムは平凡で、二着、三着に負かした馬たちが次走でもあっさり敗れていることから、レースのレベルそのものを疑問視され、この評価にとどまっている。

次に名が見えるボルトンは、近年、皐月賞やダービーに結びつきやすい、東京芝一八〇〇メートルの共同通信杯を完勝した。しかし、道中で他馬に揉まれて消耗した昨年の朝日杯フューチュリティステークスでは十二着と大敗しており、クラシックを戦い抜くメンタル面を不安視されている。

ソーグレイトはスプリングステークスが四回目の二着という、典型的なシルバーコレクターだ。昨年の新馬戦で二着に惜敗してから未勝利戦を勝ったのはいいが、それ以降は相手が強くても弱くても二着ばかりなのだ。安定してはいるが、勝ち切れない。「最強の一勝馬」とも言われている。

状態が今ひとつの二歳王者トキノウジガミが予想オッズでは五番人気で、それに次ぐ六番人気がフリーランドになっている。

太一は、競馬週刊誌二誌の、フリーランドについての記事を読み直した。

ここでも過去二回の逸走の原因とおぼしきことについて岡本調教師がコメントしており、内容は、さっきテレビで見た会見での発言と大差ない。

岡本の発言にはいくつか矛盾しているところがある。まず、今回、あたかも逸走癖が解消されたかのようなことを言っているが、過去に逸走したホープフルステークスのときも、スプリングステークスのときも、追い切りではコースアウトせず、ちゃんと真っ直ぐ走っていたのだ。それなのに、レースに行くと、四コーナーの出口から外埒めがけて突っ込んで行った。

それに、中山競馬場のコース形態に逸走の原因があるとしたら、十月下旬に中山芝二〇〇〇メートルで行われたジュニアカップでは、なぜ逸走せず、最後まで真っ直ぐ走り切ったのか。

手前の問題にしても、中山と同じ右回りの京都競馬場で行われたきさらぎ賞では、四コーナーの途中ではなく、ちゃんと直線に入ってから手前を左にスイッチしていた。

ひとつひとつでは答えになっていないから、「原因はひとつではない」とコメントしたのだろうが、だとしても、すっきりしないものが残る。

これらの要件を勘案すると、皐月賞の四コーナーで、また逸走してもおかしくない、という結論に達するのが普通ではないか。

フリーランドが逸走する確かな理由。

それを立花は知っているという。

逸走する理由を知ることは、すなわち、逸走しない条件を把握することにもつながる。

一体、どんなことなのか。

それを知らないまま、立花から預かる五千万円でフリーランドがらみの馬券を買うのは、恐ろしくて仕方がない。

しかし、ここでいくら自分が頭を捻っても「正解」を導き出すことはできないだろう。

立花は、皐月賞当日に話すと言っていた。今日は水曜日。木、金、土、日。四日後には、いや、正確には、三日半後には、自分もそれを知ることができる。

長い三日半になりそうだ。

このところ、心身がうっすらと興奮状態にあるためか、日課の拳立て伏せと腹筋を、二百回、三百回と繰り返しても、まったく疲れを感じないし、眠くならない。

シャワーを浴びようかと思ったとき、スマホが震えた。

画面に「若林和正」と表示されている。

いつもＬＩＮＥかメールでやり取りするのに、電話をかけてくるなんて珍しい。

通話ボタンを押すと、若林の興奮した声が聞こえてきた。

「太一、ひとつサインがわかったぞ」

「本当か」

「ああ、実にシンプルなサインだ。だから、ひょっとしたら、お前ももう気づいているかもしれない」

「いや、別に何も見つけてないけどな。どの馬を指しているサインなんだ？」

「フリーランドだよ」

「え⁉」

「今、手元に雑誌でもパソコンでもタブレットでもいいから、フリーランドの血統表を出すことはできるか」

「ああ、ちょっと待ってくれ」

太一はタブレットにフリーランドの五代血統表を表示させた。五代血統表とは、上段に父方の祖先、下段に母方の祖先を、それぞれ五代前まで記したものだ。

「わかっただろう」

若林の声が笑っていた。

「いや、どこだ」

「フリーランドの二代母の交配相手を見てみろ」

二代母というのは母方の祖母のことを言う。

「うん、コロナドズクエストだな」

「ほらな」

「ん？　これがサインなのか……あーっ！」

「わかっただろう。『コロナ』馬券のひとつの要素が、おそらくこれだ」

コロナドズクエスト（Coronado's Quest）は、アメリカで生産され、一九九八年、モンマスパーク競馬場ダート一八〇〇メートルのハスケル招待ハンデキャップ、サラトガ競馬場ダート二〇〇〇メートルのトラヴァーズステークスと母国のGⅠを二勝し、種牡馬となった。二〇〇四年から日本で供用され、交配相手が年に百頭を超える人気だったが、わずか二年余りで急死。アメリカではGⅠを三勝したソサエティセレクション、日本では地方の重賞を四勝し種牡馬となったセレスハントなどを送り出したほか、二〇二〇年のJBCレディスクラシックを勝ったファッショニスタの母の父として名を残すなど、血の力を見せつづけている。

　太一が言った。

「ただ、コロナドズクエストは『コロナド』という地名から来ている馬名で、コロナとは関係ないんじゃないか」

「そういうのは気にしなくていいんだよ。あくまでもサインなんだから、コロナという三文字が含まれているという事実だけで十分なのさ」

「なるほど。不思議なもので、若の師匠の高本さんの信奉者ではないおれも、こうしてサインがあることを知ると、心強く感じるよ」

「そう、そこなんだよ、タカモト式の強さの秘密は。気持ちを強く持って、ブレずに臨めば、どんなことでもだいたい上手くいく。そうして心を強くする要素というか、材料になるのがサインなんだ」

「インスティテュートには、何かサインは出てないのか」

「残念ながら、今のところ、まだ見つけられずにいる」

「そうか、また何かわかったら連絡してくれ」

「オッケー。気持ちが昂って、あまり眠れないかもしれないけど、寝ないと週末がキツくなるから、ちゃんと布団に入るんだぞ」

「サンキュー、お前もな」

「はいよ、おやすみー」

電話を切ってからも、しばらく、フリーランドの五代血統表を眺めていた。

そして、コロナドズクエストの現役時代と、アメリカと日本で送り出した産駒の競走成績を調べてみた。自身はダート一八〇〇メートルから二〇〇〇メートルの中距離で特に好成績をおさめているのだが、産駒には芝でもダートでも一二〇〇メートルや一四〇〇メートルの短距離を得意とする馬が多い。かと思えば、特に母の父となったとき、二〇〇〇メートルより長いところで力を発揮する馬がポンと現れたりと、さまざまな特性を見せている。

アメリカのダートは日本の「砂」のようなダートとは違い、雨が降るとすぐにぬかるむ「土」に近いものだ。乾いた状態では、クッションが利き、なおかつグリップがいいので、日本の芝とそう変わらないほど速いタイムが出る。蹄音も、日本のダートに比べるとずっと小さい。そこで求められるのはパワーよりスピードだ。

コロナドズクエストの血が、その父方の祖父であるミスタープロスペクター譲りの絶対的なスピードの供給源となり、フリーランドの推進力につながっているのかもしれない。太一は、自作のデータに、『コロナ』のサインについても書き加えた。

——よし、決めた。

インスティテュートとフリーランド。自分の六十万円、いや、優奈と一緒に行った日曜日の儲けを加えた八十万円で、これら二頭の馬券を買う。

馬連にするか、馬単にするか、ワイドにするか、それぞれの単複にするかは、皐月賞本番までじっくり考えることにしよう。

そろそろ寝ようかと思い、スマホを見ると優奈からＬＩＮＥが来ていた。

「今日も一日お疲れさまでした。おやすみなさい」

というメッセージの下に、馬がぼんぼりのついた帽子を被って目を閉じているイラストのスタンプが送られてきていた。

忘れていたわけではないのだが、長いやり取りをする気分ではなかった。こちらのちょうどいい心持ちを察してくれている感じが、嬉しかった。

「おやすみ」

とだけ返信し、布団にもぐり込んだ。

十二　ビッグマネー

翌日、コンビニのサンドイッチ昼食を済ませ、新たなイベント会場候補のリストづくりをしていると、電話で立花から呼び出された。

商品開発部に入った太一を手招きした立花は、いつも打ち合わせをする会議室に入りかけたが、思いとどまったように立ち止まり、その隣の部屋のドアを開けた。

「用心に越したことはないんでな」

盗聴器などを仕掛けられている可能性もあるのだろうか。

「今、コーヒーを淹れてきます」

そう言って立ち上がりかけた太一に、立花は首を横に振った。

「いや、すぐに終わるからいい」

「わかりました」

「予定どおり、今夜、馬券の購入資金をお前に渡したい」

と、立花は腕時計を見た。「今日の午後六時、ＬＩＮＥでウィークリーマンションの住所を送る。受け取ったらすぐ頭に叩き込め。既読になってから一分以内に、おれは送信取消にして、消去する」

「はい。ぼくから何かメッセージを送った場合も、すぐに消します」

「午後十時に来られるか。都内のどこからでも三十分もかからない場所だ」

「わかりました」

「お前に金を渡したら、おれは帰る。前に話したように、マンションは来週の月曜日まで借りてあるから、そこを拠点にして買ってもいいし、お前の動きやすいところから買ってもいい」

それで打ち合わせは終わった。

商品開発部を出るとき、商品企画室の優奈の席を確かめた。優奈はいなかった。隣の席の、別の女性社員と目が合った。太一が慌てて会釈をすると、彼女はほんの一瞬愛想笑いを浮かべて会釈を返し、またパソコンに目を戻した。

つい優奈の姿を探してしまう。

もしこんなところを姫乃に見られたら、「女にうつつを抜かして、肝心なことをしくじるんじゃないわよ!」と怒られそうだ。

明日は金曜日だ。皐月賞の前々日発売が行われる。今夜、購入資金の五千万円を受け取ることから、太一のミッションが始まる。馬券を買いはじめる明日は、昼までに仕事を切り上げるつもりだ。そのぶん今日は忙しくなる。それでも、立花に指定された午後十時には間に合うだろう。

午後二時、太一はＪＲＡ公式サイトにアクセスした。

皐月賞の枠順が発表された。

出馬表を見て、思わず声が出そうになった。

インスティテュートが三枠五番、フリーランドが三枠六番、スプリングステークス二着のソーグレイトが四枠七番だ。つまり、「五・六・七」の「コロナ枠」に、太一が本命視しているインスティテュートも、立花が「勝つ」と言うフリーランドも入ったのだ。「五・六・七」の順番は、サインとしては重要なのだろうか。もし「コ・ロ・ナ」の順にゴールするとしたら、フリーランドは二着ということになる。

この枠順を若林はどうとらえているのだろう。

すぐにでも確かめたいところだが、まだ仕事が片づいていない。太一は、途中になっていたリストづくりを再開した。

スマホが小さく震えた。気がついたら六時になっていた。

さわやかフーズではずいぶん前からフレックスタイムが浸透しているので、まだ半数ほどの社員が残っている。

立花からＬＩＮＥのメッセージが来た。

港区港南の住所とマンション名、さらに部屋番号が記されている。品川駅の港南口からそう遠くないところだ。「了解です」とメッセージを送ると、ほどなく立花からのメッセージが「送信取消」となって消えた。自分のメッセージも消した。

この住所を若林にも伝えるべきだろうか。

いや、立花があれだけ慎重に証拠を残さず、情報は必要最低限の者だけで共有するようにしているのだから、伝えないほうがいいだろう。今夜、立花から五千万円を受け取ったら、都心のシティホテルにでも泊まることにしよう。一流のホテルなら、自分のマンションより、はるかにセキュリティがしっかりしている。何なら、ツインルームにして、若林と一緒に泊まってもいい。この件に関しては、急な連絡になっても、どうにか対処してくれるだろう。

帰宅して荷物を置いてから行くべきか、それとも会社から真っ直ぐ――といっても、どこかで夕食はとるつもりだが――行くべきか。

うっかりしていたのだが、五千万円の札束がどのくらいの重さなのか、考えたことがなかった。あまりに重いようなら、少しでも身軽になるよう、仕事で使っているカバンは家に置いてくるか、コインロッカーにでも入れたほうがいいかもしれない。

ネットで調べたら、五キロほどだという。軽いとは言えないが、その程度なら、カバンと一緒に持っても大丈夫だろう。

リストづくりをつづけようとしたとき、聞き覚えのある澄んだ声にドキリとした。優奈が事業部の入口に立っていた。

金縛りに遭ったように動けずにいると、太一の斜め向かいの席の女性社員が立ち上がり、優奈に手を振った。

手を振り返した優奈は、太一に小さく会釈をしてから、その女性社員と一緒に出て行った。帰りに食事にでも行くのだろうか。

太一は、全身が火照っているのを感じた。おそらく、顔も赤くなっている。

優奈と会釈を交わしたところを見たほかの社員は変に思わないだろうか。

大丈夫だ。太一が商品開発部と組んでプロジェクトを動かしていることは、この部署の全員が知っている。

太一は目薬を差して、しばらく目を閉じて気持ちを落ちつかせてから、また仕事を再開した。

リストづくりを終え、さらに、週明けの会議の資料を完成させたら午後八時半を過ぎていた。

会社の近くでカツカレーを食べ、コーヒーを飲んで時間をつぶしてから山手線で品川方面に向かった。が、あえて品川を通り越して次の高輪(たかなわ)ゲートウェイで降り、エスカレーターを一気に駆け上がって京浜東北線のホームに移動し、品川・蒲田(かまた)方面の電車に飛び乗った。ホームにも、車内にも、つけてきたと思われる人間はいなかった。

品川駅の港南口から外に出て、海のほうへと歩いた。

十分もしないうちに、お目当てのマンションを見つけた。

九時五十分を過ぎたところだった。

――少し早いけど、遅いよりはいいだろう。

エントランスで部屋番号を押そうとしたら、中から男が二人出てきた。二人ともキャップを目深にかぶっているので顔はよく見えなかったが、背の高いほうはアングロサクソン系の外国人に見えた。もうひとり、太一と同じくらいの年格好の、紺のジャケットを着た男は日本人か。

外国人らしき男が、ルイ・ヴィトンのボストンバッグを小脇に抱え、走り出した。日本人らしき男もつづく。

太一がセンサーに触れているのか、エントランスのドアが開いたままになっている。右奥の管理人室のカウンターはカーテンが閉まっており、誰もいないようだ。何となく、このまま急いで入ったほうがいいような気がしてきた。

太一はエントランスから身を滑り込ませ、エレベーターへと走った。六階で降り、目の前の部屋番号のプレートを見た。ここは違う。立花が借りた部屋は右奥か。あった。六一〇号室だ。

玄関の前に立ち、チャイムを押す前に、ドアノブに手をかけてみた。

鍵はかかっていない。

やはり、何かがおかしい。

太一は、体を横にずらしながら、ドアを勢いよく引いた。

玄関に、人が倒れている。

立花だ。

「た、立花さん！」

肩を揺すると、唸り声が聞こえた。

「ち、力が……入らねえ。く、くそっ」

「大丈夫ですか」

上体を抱えてゆっくり起こすと、眉間に皺を寄せて答えた。

「大丈夫なわけねえだろう」

「それだけしゃべれたら大丈夫ですね」

太一は部屋に上がり、念のため、室内をスマホのカメラで撮影した。

それからキッチンの浄水器でコップに水を入れ、冷蔵庫に入っていた缶ビールと一緒に立花に差し出した。

立花は水を二口ほど飲んでから二ヤリとして缶を開け、ビールに少し口をつけて、太一に返した。

「サンキュー、生き返ったぜ」

「マンションのエントランスで帽子を被った背の高い男と、ぼくと同じぐらいの年格好の男とすれ違いましたけど、やつらにやられたんですか」

「帽子……あ、お前、帽子はどうした」

「最初から被っていません」

立花は舌打ちした。

「そうか。モニターに、帽子を被って、お前と同じ紺のジャケットを着た男が映ったから、ロックを解除したんだ。で、この扉を開けたら、スタンガンでビリビリやられちまってよ」

「スタンガンで上半身と下半身の両方をやられたら、しばらく動けないですね」

「くそ、ビールを飲みすぎたのが失敗だった」

「この部屋で金の受け渡しをすることを知っている人間が、立花さんとぼく以外にもいた、ということですか」

「ああ。実は、ここ数日、会社にいても妙な気配がしてな」

「だから昼間、会議室を替えてぼくと話したんですね」

太一が今日、紺のジャケットを着ていたことも「敵方」は知っていて、似たような格好の男を送り込んだのだろう。

「それより、呑気にここにいたら危ねえぞ。やつらが戻ってくるかもしれない」

「どうしてですか」

そう訊いた太一に、立花は小さな鍵を差し出した。

「そこのクローゼットを開けて、金庫にそのキーを差し込んだまま、ダイヤルを右に回して二回『5』に合わせて、次は左に回して『3』、で、また右に回して『B』だ」

言われたとおりにすると、金庫の扉が開き、さっき男が抱えていたのと同じルイ・ヴィトンのボストンバッグが入っているのが見えた。

「なるほど、五千万円は無事だったんですね」

「それを持って、早くどこかに逃げろ」

と、立花は言ったが、間に合わなかったようだ。

玄関ドアの外から、足音が聞こえてきた。

「さっきの二人が持っていた武器はスタンガンだけですか」

言いながら、太一は金庫の扉を閉め、ダイヤルを適当に回して、鍵をズボンのポケットに入れた。

「そこまではわからん。おい、お前、どうする気だ」

「ぼくにも、特技がひとつだけあるんです」

玄関のドアが、ゆっくりと向こう側に開けられた。

さっきすれ違った背の高い男がスタンガンを手に立っている。

やはり外国人のようだ。背後には日本人の若い男が控えている。今はもう、ジャケットを着ていない。

スタンガンの青白い閃光がやけに眩しい。バリバリという喧しい音を聞いていると、胸の奥をザラリとしたものに触られたような不快感がひろがっていく。

太一は、玄関に走りながら、脱いだジャケットを外国人へ放り投げた。それを目隠しにして体を左に捻り、ジャケットが舞い落ちて見えた外国人の顎めがけて、左の後ろ回し蹴りを入れた。狙いが外れて喉に当たったが、感触は十分だった。外国人は「オオッ」と声を上げて後頭部をドアに打ちつけた。キャップが脱げて、金髪が露になった。そのまま右の掌底を顎に叩きつけ、上体をかがめたときに髪の毛を両手でつかみ、鼻に左の膝蹴りを入れた。軟骨の折れる鈍い音がした。本当に叩きのめすには、膝かアキレス腱を痛めつけて歩けなくしてから、顔を五回、十回と蹴りつけてやるのだが、今は靴を履いていないからそれほど効かないだろうし、もともと逃がすつもりだったので、上半身と腕を主に狙った。

外国人が落としたスタンガンを室内の立花へと床を滑らせて渡し、廊下でジャックナイフを手にした男の口元に右の正拳を入れた。しかし、この男は格闘技を嗜んでいるらしい。スウェーバックで上体を反らせて太一の攻撃をかわし、ステップバックしてファイティングポーズを取った。ボクシング経験者か。相手は、左のジャブを出すように、ジャックナイフを持った手を突き出しながら距離を取る。太一は、相手がナイフを強く突き出してきた瞬間、身をかがめて一気に距離を詰め、腹に膝蹴りを叩き込んだ。肋骨(ろっこつ)の折れる感触が伝わってきた。手刀でナイフを叩き落とし、顔面に頭突きを入れた。頬骨にヒビが入ったか。男は倒れてのたうち回っている。

　ここまでやる必要はなかったかもしれないが、こいつらが立花を痛めつけたのかと思うと、つい力が入ってしまった。

　流れ出る鼻血を押さえている外国人も外の廊下に引きずり出した。この男と、のたうち回っている若い男それぞれの顔と、二人が一緒にいるところを、スマホのカメラで撮影した。静止画だけではなく、動画でも撮影した。

　そのとき、エレベーターが止まり、扉が開いた。

　背の高い男が降りてきた。

　片手に、伸縮させられる警棒らしきものを持っている。

「急にSOSのLINEが来たからビックリしたよ。会社から近くてよかったぜ」

　そう言ってその男――若林が笑った。

「こいつら、外に連れ出してもらえないか。証拠の顔写真は撮ってある」

「オッケー。ずいぶん派手にやったな。おれが追加で痛めつける必要は――」

若林が言うと、外国人も、若い男も倒れたまま声を上げて首を横に振った。外国人も日本語がわかるらしい。

太一は男たちに言った。

「お前ら、この人は剣道の師範代だ。剣道三倍段といってな、おれよりずっと強い。死にたくなかったら、とっとと失せろ」

太一は、若林が二人の尻を蹴ってエレベーターに押し込むのを確かめてから、立花のいる部屋に戻った。

立花は、キッチンに背を預けて床に座っていた。

「お前、本当にあの松原か」

「はい。ぼく、小さいころから気は弱かったのに、力だけは強かったんです」

「そうか」

「自分は覚えていないんですけど、泣きながら暴れて、いじめっこたちにひどいケガをさせたことが何度もあったらしいんです」

「それで格闘技を始めたってわけか」

「というか、親にやらされました。このままだと危ないから、自分の力をコントロールできるようにしたほうがいいって。フルコンタクト空手の全国大会の中量級で三連覇したことが、数少ない自慢のひとつです」

「そりゃたいしたもんだ」

「初めて立花さんに褒めてもらって、嬉しいです」

「別に褒めたわけじゃねえ。ところで、さっきのあいつは、いつも競馬場でお前と一緒にいるやつだろう」

と、立花はモニターを顎で指した。エントランスから呼び鈴を押した若林の顔を立花が覚えていたので、解錠ボタンを押して中に入れたのだろう。

「はい、立花さんなら、ぼくらが三人一緒にいたことに気づいていると思っていました」

「お前らより、あの綺麗な姉ちゃんが目立つからな」

立花はそう言いながら、立ち上がってベッドに腰掛けた。立花が「綺麗な姉ちゃん」と言っていたことを教えたら、姫乃は喜ぶだろうか。

太一が言った。

「さっきの二人組、誰が送り込んだんでしょうね」

「どう思う?」

「ファンドではないと思います。資力のあるところなら、あんな中途半端な不良外国人や半グレみたいな連中ではなく、プロを雇うでしょうから」

「となると、うちの役員連中か」

やはり、次期プレジデント、つまり次期社長の座を狙う、沢井正光副社長を中心とする「副社長派」が送り込んだのか。実質的に立花を取り込んでいる沢井久光社長と湯浅専務ら「専務派」と対立する彼らは、陰で今回のＴＯＢを推進しているのかもしれない。

「そうだとしたら、月曜日、あの人たちに会うのが楽しみですね」

太一が言うと、立花は口元に皮肉な笑みを浮かべた。

「会社をこのまま生かしておけたらな」

明々後日の皐月賞でフリーランドが勝ち、的中した馬券の払戻しが十億円を超えれば、さわやかフーズは生きつづける。しかし、もしほかの馬が勝ってしまえば、さわやかフーズはハゲタカファンドに一度殺される。そうなると、現勢力をもとにした派閥争いなど、何の意味もなくなる。

太一は、この日の夜から、日比谷の超高級ホテルを拠点にすることにした。

ネットで調べても、電話をしても満室だと言われたが、いったん帰社した若林に電話をすると、「博有枠」というのがあるらしく、すぐにツインルームを取ることができた。

ここなら、部屋に至るまで、廊下やエレベーターに二重、三重のガードがあり、貴重品も銀行並みのセキュリティで保管してくれる。

部屋は太一が住むワンルームマンションの三倍ほどの広さがあり、入ってすぐのスペースに洗面台やバス・トイレ、クローゼットなどがある。そのスペースと寝室との間にも扉があり、セミスイートのようなつくりになっている。寝室には、二台のベッドのほかに、四、五人がゆったりできそうなソファと椅子の応接セットと、マホガニーのデスクなどが置かれている。

シャワーを浴びてから、びっくりするほど肌触りのいいバスローブを羽織り、窓から外を眺めた。眼下の通りをヘッドランプが行き交い、目線を上げると、ビル群の隙間から東京タワーが見える。天空から、無音のパノラマを見下ろしている気分だ。何かで成功した人は、グラス片手に、こんなふうに外を眺めているというイメージがある。その逆の順序で、こんなふうに外を眺めて成功者気分に浸れば、本当にやることが上手くいく、ということもあるのだろうか。

ソファに尻を埋めると、テーブルに置いたスマホに緑のランプが灯っていた。優奈からかと思って慌ててひらくと、若林からだった。若林も、今夜から、このホテルの別の部屋に泊まるという。

結局、この夜、優奈からＬＩＮＥは来なかった。

翌朝、出勤するとき、フロントやクロークの人間たち、ドアマンらに「いってらっしゃいませ」と深々と頭を下げられ見送られた。おかしなもので、こんなふうに扱われると、スーツに皺がないか、シャツの襟は汚れていないかなど、普段は考えないことまで気になってくる。これが週末に五千万円以上を馬券につぎ込む人間に似つかわしい姿のようにも思われたが、アラブの石油王やヨーロッパのホテル王、高級ファッションブランドのオーナーなどで、数百頭、数千頭の競走馬や種牡馬、繁殖牝馬を所有している富豪が現実にいることを考えると、自分には、こんな窮屈な日々は、とてもじゃないが耐えられないと思った。

それでも、生まれて初めて味わう緊張感が全身をめぐっているせいか、これまでの自分にはなかった種類のエネルギーが腹の底から湧いてくるのを感じた。

もし、昨夜襲ってきた二人組がプロの殺し屋で、拳銃を手にしていたら、はたしてどう対処していたか。出社して自席についたまま、頭の中でシミュレートしてみた。今の自分なら、思いどおりに相手を打ちのめすことができるような気さえしてきた。

十時ごろ、電話で立花に呼び出され、商品開発部の会議室に入った。

「お前、あのマンションの住所を会社のパソコンのグーグルマップに入力して、場所を確認したりはしてねえだろうな」

立花にそう言われ、固まってしまった。

「あ、いや、すみません」

航空写真の画面に切り替えてマンションの外壁の色を確認するなど、少しの間、グーグルマップを眺めていた。背後からそれを誰かに見られたか、あるいは、太一が席を外していたときに履歴を調べられたのかもしれない。自分がうっかりしていたせいで、立花が危険な目に遭うことになったのか。

「そうか。実は、おれもやっちまったんだ」

と、立花は、窓を背にした自席のほうを指さした。「油断してた。あの席なら後ろから見られることはねえし、履歴もすぐに消去した。カメラの類は仕掛けられてないことは確認してあった。ところが、おれの後ろのガラスに映るってのを忘れてたんだ」

「じゃあ、やっぱり、この会社の誰かが……」

「残念ながら、そのようだ。役員なら目立つだろうが、管理職以下なら、このへんや、お前のデスク周辺をうろついたってわかりゃしねえ」

「そうですね。気をつけます」

「それだけだ。おれはこれから、未来堂と銀行と、うちの関連会社に行ってくる。万が一に備えてな」

「万が一、ですか」

「ああ、そうならないことを願いたいし、備えができるかどうかもわからんがな。ともかく、今日から三日間、頼んだぞ」

「はい、しっかりやり遂げます！」

予定どおり昼までに仕事を済ませ、退社する準備をしていると、スマホにＬＩＮＥが来た。

優奈からだった。喜び勇んでひらいた。

「お疲れさまです。私もPATに入りました。皐月賞の馬券、家で研究してPATで買ってみます」

PAT（パット）とは「Personal Access Terminal」の略で、インターネットや電話で馬券を買うことができるシステムのことだ。

「それはよかった。頑張って」

そう返信してから、急に息苦しさを覚えた。

胸の奥にドロリとした嫌なものがひろがっていく。

昨日、優奈は、唐突にこの事業部に現れた。

仲のいい友達と一緒に帰るためだったようだが、太一にとってはひどくイレギュラーな出来事だった。

「管理職以下なら、このへんや、お前のデスク周辺をうろついたってわかりゃしねえ」

という立花の言葉が思い出された。

ウィークリーマンションの場所を検索した痕跡を「覗き見」したのは優奈ではない、と言い切ることはできないのではないか。

それに、このLINE。まるで、太一が馬券を買うために午前中だけで退社することを知っていたかのようなタイミングだ。この時間に切り上げることは、立花と、事業部プロモーション課のリーダーとマネージャーにしか言っていない。

——まさか、優奈が……。

姫乃が言っていたように、「敵方」のスパイなのか。

いや、そんなわけがない。

優奈と一緒に過ごした日曜日の午後の出来事を思い出した。彼女の清楚な立ち姿と、弾けるような笑顔、そして、やわらかな唇の感触が蘇ってきた。

太一は、スマホをポケットに入れて立ち上がり、軽く頭を振った。絶対に失敗できないミッションに集中しなければならないのに、次々と嫌な考えが浮かんでくる。

立花の直属の部下という優奈の立場は、「敵方」にとって、非常に都合のいいポジションであることは間違いない。

今思えば、優奈が競馬場に連れて行ってほしいと言い出したのも唐突すぎる。

しかし、だ。

もし、優奈が本当に「敵方」のスパイで、あの愛らしい笑顔や、キスした直後のはにかみなどがすべて演技だとしたら、とてつもない悪党だ。

優奈は、そんなに悪い女なのだろうか。

そうは思えないし、思いたくない。彼女を疑いたくない。

自分は、人を疑うことに慣れていない。

疑うのが嫌ならば、信じるしかない。どうしても信じられないのなら、忘れるしかない。少なくとも、明後日、中山競馬場で行動をともにすることはないのだから、「伊藤優奈」という人間の存在を頭の中から除去しても差し支えないだろう。

そうしないと、せっかく湧いてきたエネルギーが、体のあちこちからこぼれてしまいそうな気がしてきた。

太一は会社からホテルに直行した。途中のコンビニで仕入れたにぎり飯とポテトサラダで軽めの昼食を済ませ、自分が今日遣う三百万円をジャケットの内ポケットに仕舞った。そして、同じホテルに泊まっている若林に渡す二千三百万円を紙袋に入れた。これが、今日、明日、明後日の若林の担当分だ。

紙袋を脇に抱え、若林の部屋に行った。

「今日は、まず、皐月賞の前々日発売が始まる午後二時ちょうどに、おれがウインズ新宿でフリーランドの単勝を百万円買う。その一時間後の午後三時に、若がウインズ後楽園で百万円買ってくれ」

「オッケー」

そう答えた若林も、珍しく緊張しているようだ。「その一時間後、午後四時に太一が百万、さらに一時間後の午後五時におれが百万、六時に太一がまた百万買えば、今日のノルマの五百万円は終了、というわけか」

「ああ、今日の前々日発売は午後七時までだから、どこかでトラブって、多少遅れてもカバーできるだろう」

「そうだな」

「じゃ、ちょっと早いけど、まずはおれから突撃してくるよ」

太一はそう言ってホテルを出た。

しかし、開始と同時にいきなり百万円をつぎ込むと、オッズを動かしすぎて目立つのではないか。まず、二時に五十万円を買い、二時半にまた五十万円を買い足し、午後三時にウインズ後楽園で百万円買う若林にバトンタッチするほうがいいかもしれない。

電車から、そのむね若林にＬＩＮＥすると、

「了解。ネットでオッズを確認しながら進めていこう」

と、すぐに返信が来た。

途中、書店に寄って時間を潰し、午後二時ちょうどにウインズ新宿に入った。

マークカードにこれほどの金額を記すのは初めてのことだった。まず、金額を記す欄の「30」と「20」、次に、単位を記す欄の「万円」にマークした。これで五十万円。金額欄の数字はすべて足しても「75」にしかならないので、百万円を買うときは、このよ

うに五十万円をマークしたカードを二枚出せばいいだろう。

発売機の紙幣投入口に五十万円を入れると見事に吸い込まれ、ザーッとカウントする音が響く。つづいてマークカードを入れると、馬券受取口から、一枚の勝馬投票券、すなわち馬券が出てきた。券面に「単勝」と縦書きで記され、「6」という馬番の横に「フリーランド」という馬名があり、その下に「500,000円」と金額が記されている。

相手は機械なので驚かれることもない。ジャケットの内ポケットから五十枚の一万円札を出したのだが、周囲からは死角になっている。もし見られたとしても、太一が投入した正確な金額まではわからなかっただろう。

拍子抜けするほど、何事もなく、あっさり買うことができた。

しかし、オッズは敏感に反応していた。

いきなり単勝三倍台の一番人気になっている。

喫茶店でコーヒーを飲みながら確かめると、十倍台に下がっていた。が、太一が二時半に五十万円買い足すと、またひと桁のオッズになった。やはり、この時間はまだ馬券購入者の全体数が少ないのか。

次に太一が買うのは午後四時だ。一時間半も待つのは手持ち無沙汰なので、いったんホテルに戻ることにした。移動中にまた十倍台に下がり、二十倍台に行くかと思ったところで、午後三時になった。若林が百万円購入したのだろう、すぐまたひと桁に跳ね上がった。それでも八倍台なので、発売開始当初に太一が買ったときよりはずいぶん下がっている。

その後もいったん二十倍ほどになって、太一と若林が買うと十倍を切った。しかし、その下がり方は次第に鈍くなり、四時に太一が買ったときは十二倍ほど、五時に若林が買ったときは十四倍ほど、太一が六時に買ってノルマを果たしても十六倍ほどまでしか下がらず、午後七時の前々日発売終了時には、ちょうど二十倍ほどに落ちついていた。

このあともネット投票は夜通し受け付けられるので、フリーランドの単勝オッズは、ほぼ適正と思われる二十倍台前半から半ばぐらいになりそうだ。

午後八時、ニュース速報で、週明けに首相が記者会見をひらいて「新型コロナウイルス収束宣言」を発令する――と発表された。

若林が以前から言っていた「コロナ馬券」の出るときが、ついにやって来るのか。


土曜日になった。太一は、二カ所のウインズに寄ってから中山競馬場に行くことにした。若林は、太一が行くのとは別の二カ所のウインズに寄ってから東京競馬場のパークウインズ（場外発売）で、レースを見ながら馬券を買うという。

今日は二人合わせて千五百万円分の単勝を買う。

そして、明日の日曜日は、二人はそれぞれ違うウインズに寄り道してから中山競馬場に行き、皐月賞を見届ける。朝から、二百万円ずつ、太一は八回、若林は七回に分け、合計三千万円の単勝を購入する予定だ。

これほどの大仕事がある皐月賞当日は余裕がないだろうから、太一は、自分の八十万円の馬券を、今日の前日発売で買ってしまうことにした。

迷いに迷った挙げ句、インスティテュートとフリーランドの馬連一点を八十万円買うことにした。

インスティテュートを頭にした馬単にして、フリーランド、ソーグレイト、マタキチらに流そうかとも思ったが、それだと、立花の馬券が外れたときの保険的な意味合いが強くなる。それに、保険と言うほど大きな払戻しが期待できるわけでもない。ならば、フリーランドが来なければ立花とともに玉砕するが、もし来たら、自分も立花も大きく喜ぶことのできる馬券として、馬連を買うことにした。フリーランドを頭にした馬単にするとオッズは倍近くになるのだが、何度シミュレートしても、インスティテュートのほうがフリーランドより先にゴールを駆け抜けるシーンしか浮かんでこなかった。だったら、インスティテュートを頭にしたフリーランドへの馬単一点にしてもよさそうだが、万が一ということがあるし、こちらは馬連とそうオッズが変わらないので、リスクマネジメントとして馬連を選んだのである。

それでも二十倍から二十二倍くらいにはなりそうだ。仮に二十倍として、八十万円なら千六百万円。太一の年収の倍以上の払戻しになる。

　この日も、太一と若林の購入によってフリーランドの単勝オッズは上下動を繰り返し、十五倍から二十倍の間を行ったり来たりしていた。最終レースが終わったときには、昨日同様、ちょうど二十倍ほどになっていた。

　競馬場やウインズでの前日発売が終わっても、ネットでの発売はつづけられる。昨夜から今朝にかけては、動く金の総額が小さかったので、フリーランドの単勝は二十倍台半ばまで上がったが、今夜から明日にかけては動く金が大きいだけに、それほどオッズの変化は期待できそうにない。日曜日の皐月賞当日、フリーランドの単勝オッズは、二十倍前後からのスタートになるような気がした。

　夜、ホテルの太一の部屋に、若林が、大田区蒲田の人気店「鳥久」のきじ焼き弁当を差し入れに持ってきた。

「今日は夕飯を食う時間がなかっただろうからな」

「ああ、助かるよ」

　おしぼりで手を拭きながら、太一は礼を言った。

「今週は予想ブログをアップしないのか」

「これから書くつもりだ」

　と、キーボードを接続したタブレットを指さした。

「本命は」

「インスティテュート」

「初志貫徹か。このままだとフリーランドの単勝は二十倍を切ってしまうかもしれないが、お前とワタケンがインスティテュートを推せば、状況は変わる。インスティテュートの単勝が売れてオッズが下がるぶん、相対的にフリーランドのオッズは高くなって、上手くいけば、二十二、三倍か、二十倍台半ばぐらいになるかもしれない」

「まあ、そうだな」

と応じたものの、テンションは上がらなかった。

太一がブログに本命馬を書くと、それが自動的にツイートされるので、まず、一万五千人強のフォロワーがインスティテュートの単勝なり、インスティテュートを軸とした馬券を買うだろう。ＳＮＳの特性により、それは瞬く間に数十万人に拡散され、インスティテュートの支持がさらにひろがっていく。それをワタケンがパクって「ワタケンのひらめき」として紹介すれば、その波は数百万人を呑み込む巨大なものになる。そうした「気」の集合体のようなものが、本当にインスティテュートを後押ししてしまうような気がして仕方がない。サラブレッドは人間の気持ちを敏感に察知する。「頑張れ、頑張れ」と言われつづけ、献身的に支えられると、能力の限界を超えた走りで、人々の思いに応えることがままあるのだ。

勝つのはインスティテュートだという太一の見立てに変わりはなかった。それを文章にすることで、間接的にではあるがインスティテュートとその関係者を力づけ、フリーランドを勝利から遠のけることになっても、仕方がない。信じて予想を見てくれる一万五千人強のフォロワーと、その向こうにいるもっとたくさんの人々のためにも、嘘を吐くのは嫌だった。

頭と心が一致しないような複雑な気分だったが、若林が言うように、フリーランドのオッズが少しでも高くなる可能性があるのなら、これも自分のミッションだと考えることにした。

太一は、インスティテュートを本命とするブログをアップした。

一分も経たないうちに、若林が声を上げた。

「ワタケンが『ワタケンのひらめき』をアップしたぞ。インスティテュートの単勝で大勝負だってよ。タイムコードは五分前になっているけどな」

その後、数分おきにオッズをチェックすると、早くもインスティテュートの単勝を買う人が増えたようで、オッズが下がりはじめている。

この調子で行けば、相対的にフリーランドのオッズは高くなる。明日は、若林が言ったとおり、二十倍台半ばになることも期待できそうだ。

十三　ラストコーナー

二〇二×年四月十×日、日曜日。第八十×回皐月賞の舞台となる中山競馬場は、朝から好天に恵まれた。

太一は、午前九時過ぎから都内のウインズに寄り、当初の予定の半額の百万円ずつフリーランドの単勝を買ってから、第一レースが発走する午前十時ごろ、中山競馬場に到着した。いくら巨額の金が動くGI当日とはいえ、さすがに朝の早い時間はさほど買う人はいないだろう。二百万円ずつ買うとオッズを大きく下げかねないので、百万円ずつにしたのだ。

フリーランドの単勝は十倍台後半から二十倍台前半の間を推移している。

手持ちが一千万円を下回った午後の早い時間、若林と場内で昼食を取った。

「馬券に印刷できる最高額って五十万円なんだな」

うどんをすすりながら太一が言った。

「ああ、おれも初めて知った」

「本当か。若は知ってるかと思ったよ」

「まさか。一度に何十万円も買うのは今回が初めてだ」

　五千万円の単勝馬券を買い終えたら、五十万円単位の単勝馬券が太一の手元に二千七百万円分の五十四枚、若林の手元に二千三百万円分の四十六枚、計百枚あることになるわけだ。太一が言った。

「買いながら、五千万円ってどういう金額なのかって、何回も考えちゃったよ」

「おれも。こういう遣い方も、案外アリなのかな、とか」

「ボストンバッグに入っていたときはあんなに重かったのに、こんなに小さくて軽い馬券になっちゃうんだもんな」

「まったくだ」

「ところで、その後、『コロナ馬券』のサインは、何か見つかったのか」

「いや、『ウイルス』とか『宣言』とか、発表のある『月曜日』とかでも探したんだけど、お手上げだ。というか、これ以上わかりやすいサインはもう必要ない、って競馬の神様は考えたんじゃないのか」

「確かに、五、六、七番に有力馬が入って、フリーランドの五代血統表にコロナドズクエストの名前があるというだけで、十分以上だな」

「よし、第十レースの京葉ステークスの前には五千万円分を買い終わるだろうから、皐月賞のパドックで会おう」

「了解」

　メインレースの皐月賞は第十一レースだ。

　今ごろ姫乃は、家でウインファイブ、いや、皐月賞はフリーランドの一点で決まりなので、残りのウインフォーに何を選ぶか考えているのだろうか。

　ふと、優奈は何をしているのかと考えそうになったが、頭(かぶり)を振って、彼女の姿を脳の外へと追いやった。

　第十レースの京葉ステークスの発走前、太一が担当する分の馬券購入が終わった。

　今、フリーランドの単勝は二十二・二倍で、六番人気だ。

　立花が言っていたとおり、五千万円も投入したのに、分けて買うことによって、最終的にはほとんどオッズを動かさずに済んだ。太一のブログと、それ以上に、ワタケンの予想コラムの影響力も作用しての結果だろう。

　京葉ステークスがスタートする午後三時ごろ、パドックに皐月賞の出走馬十八頭が出てくる。京葉ステークスが終わってからだと場所取りが大変なので、そのファンファーレが鳴る前に、太一はパドックへと向かった。

　そのとき、視界の端に妙に気になる影が映った。指定席や馬主席に向かう上りエスカレーターに、羽根飾りの付いた大きな帽子を被り、黒いドレスのようなワンピースを着た女が乗っている。その横顔が優奈に似ているような気がしたのだ。しかし、彼女があんな派手な格好をするはずがない。女が振り向いてこちらに顔を向けた。やはり、優奈ではなかった。が、どこかで見た顔だ。誰なのか思い出した瞬間、驚きのあまり急に立ち止まってしまい、後ろからぶつかられた。

「あ、すいません」

謝りながら女のあとを追おうとしたが、見失ってしまった。

肩を出した大胆なファッションのあの女は、未来堂社長の大橋未来ではないか。

写真や映像でしか顔を見たことはないので確信は持てないが、年齢不詳で、いかにもとっつきにくそうな雰囲気を漂わせているあたりは、太一が抱いている大橋未来のイメージそのものだった。

彼女が大橋未来だと確かめられたからといって何かが変わるわけではない。そうわかっていても、気になった。

パドックはさすがにＧＩだけあって人が多かったが、それほど苦労することなく「定位置」に着くことができた。

「お疲れ」

と、先に来ていた若林が、憑き物が落ちたような顔で手を挙げた。

その横に、姫乃がいた。

「ごきげんよう」

「よう」

そう言って太一が隣に立つと、姫乃が笑った。

「若も太一も目が窪(くぼ)んでるよ。大変だったんだね」

「まあな。姫のほうはどうなんだ」

「まだウインファイブの対象レースはひとつしか終わってないけど、生き残ってるよ」

ウインファイブは、対象レースとなる五つのレース、今日の場合は阪神第十レースの心斎橋ステークスの発走前に買っておかなければならない。窓口ではなくネットのみで売られる馬券なので、姫乃は、それを買ってからここに来たのだろう。

「じゃあ、あと残っているのはウインフォーか」

「そういうこと」

大橋未来らしき女を見たことは黙っていた。仮に彼女が本当に大橋未来だったとしても、皐月賞の結果に影響する何かをなし得るわけではない。それに、だんだん彼女は大橋未来ではなく、何の関係もない別人だったような気がしてきた。

皐月賞の出走馬がパドックに出てきた。

ざわついていたパドックが急に静かになる。

京葉ステークスのファンファーレが聞こえてきた。パドックに出てきたとき、前のレースや他場のレースのファンファーレや実況を聞いて入れ込む馬もいるのだが、今出てきた十八頭に、そういう馬はいないようだ。

内枠から順に有力馬を見ていくと、次のようになる。

上から馬番、馬名、騎手名、単勝オッズ（人気）である。

馬番	馬名	騎手名	単勝オッズ	人気
二	マタキチ	南（みなみ）	三・九倍	（二番人気）
五	インスティテュート	池山	二・六倍	（一番人気）
六	フリーランド	田口	二十二・四倍	（六番人気）
七	ソーグレイト	船井（ふない）	十一・四倍	（四番人気）
十三	トキノウジガミ	山口（やまぐち）	十四・三倍	（五番人気）
十六	ボルトン	片桐（かたぎり）	五・二倍	（三番人気）

さっきよりフリーランドのオッズが、ほんのわずかだが、上がっている。

太一たちの背後、スタンドの向こうで歓声が上がり、そして止（や）んだ。京葉ステークスが終わったようだ。

「残りがウインスリーになったよ」

姫乃がパドックを歩く馬たちを見つめたまま言った。

これも的中させたのだ。

「いい調子だな」

「今のところ、勝っているのは、五番人気、三番人気ぐらいの馬だから、まあまあつきそうな感じ」

目の前をインスティテュートが歩いて行く。

前走のスプリングステークスのとき以上に馬体に張りがある。

前脚の出方がスムーズで、トモの踏み込みも大きく、耳を真っ直ぐ前に向け、目も正面だけを静かに見つめている。

すぐ後ろを歩くフリーランドも、今日は、ドッシリと落ちついている。

これまではよそ見をしていることが多かったので、パドックを周回しているとき、何度も太一と目が合ったのだが、今日は、自分以外はここにいないとでも思っているかのように悠然と歩を進めている。

「うーん、フリーランドの気配、抜群だな」

若林が唸った。「前走から中三週しか経っていないのに、胴が伸びたように見えるのは、力が抜けているからだろう」

「いい抜け方だといいね」

姫乃が言うと、若林は苦笑した。

「そう信じるしかない。ゲート入りする前に余計な力を使うことはない、ということだけは、とりあえず、間違いなさそうだ」

そのとき、太一のスマホが震えた。

立花からの電話だ。

「今、どこにいる」

「パドックです」

「約束した話、聞きたいなら四コーナーの外側に来い。別に聞かなくてもいいなら、そのままパドックにいろ」

立花の言う「約束した話」とは、フリーランドが逸走する理由のことだ。

「すぐ行きます。四コーナーということは、スタンドの建物の向こうの、いわゆる『芝スタンド』のあたりですね」

「そうだ」

太一の口ぶりと話の中身から、若林と姫乃も、相手が立花だとわかったようだ。

太一が斜め後ろの四コーナーのほうを指し示すと、二人は揃って頷いた。

三人は、人込みをかき分け、スタンドを通り抜けて四コーナーを目指した。

左手に芝コース、右手にガラス張りのスタンドを見ながら歩きつづけた。

やがてスタンドの建物が途切れ、南門の近くまで行くと、綺麗に芝生を張ったエリアが正面にひろがる。

今日のように晴れた日にはピクニック気分で競馬を楽しむことができる。ここが「芝スタンド」と呼ばれるエリアだ。

ちょうど四コーナーの出口、つまり、直線入口の外側にあり、ラストスパートをかける馬たちの迫力ある攻防を眼前に見ることができる。そのかわり、ゴールはここから三〇〇メートルほど先にあるため、最もヒートアップする、ゴール前の叩き合いを間近で楽しむことはできない。ここからだと、ターフビジョンで最後の叩き合いを見ることになるのだが、ずいぶん斜めから見ることになる。要は、このあたりは、ライトなファンのためのエリアなのだ。だから、GIの日でも、比較的人が少ない。

「あ、いた」

姫乃が、芝スタンドに立つ立花を見つけた。太一が立花を見かけたスプリングステークスの日も、姫乃は立花の姿を見ていないはずだが、やはり、立花にはオーラのようなものがあるのか。

ジーンズに黒のTシャツ、ブルーの麻のジャケットという出で立ちの立花は、パッと見た感じでは、マスコミなどの業界人か、遊び人に見える。

「ご依頼のミッション、友人の力を借りて、無事終了しました」

太一がそう言うと、立花は、

「ご苦労だった。ありがとう」

と微笑み、若林に目を向けた。「この前はよく来てくれた。おかげで助かったよ」

「いえ」

と、若林はかしこまった口調で応えた。

姫乃には、立花が暴漢に襲われたことも、太一が大立ち回りを演じて若林が後始末をしたことも、オブラートに包んで伝えてある。

「そこの別嬪さん。あんたも、だいたいの事情は知ってるんだろう」

立花が訊くと、姫乃はしおらしく頷いた。

「はい」

「つまらないことに巻き込んじまって、すまないな」

立花にそう言われた姫乃は俯いて首を横に振った。応じ方のひとつひとつが、太一や若林と話すときとはずいぶん違う。

それから少しの間、立花も、太一も、若林も、姫乃も、何も言葉を発せず、ぼんやりとコースのほうを眺めていた。

子供の笑い声や、母親が子供を叱りつける声、若い男女が楽しそうに笑い合う声などが聞こえてくる。

すぐそこにある、芝コースとこちら側のファンエリアを仕切る柵が外埒だ。こちらから見てその奥、芝コースの内側にある柵が内埒である。その内埒が、三、四コーナーからこちら側へと描くゆるやかなカーブが、ここから見ると、とても綺麗だ。内埒が曲がり切って、真っ直ぐになるところが直線の入口である。

太一が切り出した。

「立花さん、ここはちょうど、フリーランドが逸走するあたりですよね」

立花は頷いた。

「それでお前らに来てもらったんだ。見てみろ」

そう言って後ろを振り向き、スタンドが途切れ、南門とその横の駐輪場がある一角を指さした。「中山競馬場は、ここでぷっつりスタンドが終わっている。南門の屋根は、スタンドよりぐっと低くなっているだろう。その向こうに県道松戸原木線というバス路線になっている道路があって、南の国道十四号線や、その先の原木インターまでつながっている」

「ぼくらから見ると、その南門や、松戸原木線は、方角で言うと――」

「西だ。で、南門から松戸原木線を横断して向こう側、つまり、さらに西へ行くと、バス乗り場があって、その向こうに厩舎地区がある」

「厩舎、ですか」

「そうだ。直線距離にすると、ここから二〇〇メートルもない。ファンには案外知られていないんだが、馬運車に乗って東西のトレセンから来た競走馬は、まずそこの厩舎に入る。それから、装鞍所で馬装をし、パドックに出て、馬場入りしてレースをする。レースが終わったらまた厩舎に戻って、体を洗ってもらったり、草を食わせてもらったりして、そのあと馬運車でトレセンに帰るんだ」

若林が言うと、立花は頷いた。

「じゃあ、馬をアスリートとするなら、宿舎というか、寮みたいなものですね」

「寝起きしたり、飯を食ったりする場所であり、仲間のいる場所でもある」

「どの競馬場にも、同じような厩舎地区があるんですよね」

そう言ったのは姫乃だった。

「もちろんだ。それでも、四コーナーの出口の西側に厩舎地区があるのは、中山だけなんだ」

立花の言葉に、太一が首を捻った。

「西側ということに、何か問題が？」

立花が答えた。

「問題は、風だ。偏西風の影響で、一部を除いて、日本で吹く風の多くは西からの風になっている。中山は、厩舎地区からここまで、間を遮る高い建物がないから、西風がストレートに流れてくるんだ」

「そっか、わかった」

と、姫乃が立花に向き合った。「風が厩舎の匂いをここに運んでくるんだ。だから、その匂いに誘われて、走るのをやめてしまう馬がいるんですね」

立花が頷いた。

「ああ、おそらくそれが正解だ。あくまでも推論だが、フリーランドは、このお嬢さんが言ったように、厩舎地区から西風に運ばれてくる匂いに惹かれて、家に帰りたくなったり、リラックスしていたときを思い出したりして走る気をなくし、向こうに行こうとしたんだろう」

姫乃が言った。

「馬って、鼻がいいですものね。私、乗馬をしているんですけど、挨拶する前に鼻をクンクンさせる馬、すごく多いから」

「中山の四コーナーで外に逸走した馬は、フリーランドが初めてじゃねえ。統計を取ったわけじゃないから断言はできないが、おそらく、中山は、ほかの競馬場より四コーナーで逸走する馬が多いはずだ。おれはそこの南側に住んでいるからわかるんだが、このあたりは、特に冬になると北西の風が強くなってな。ところが、春になると南東の風の日が多くなって、状況はまるで変わってくるんだ」

と言った立花に太一が訊いた。

「じゃあ、逸走しなかったジュニアカップの日は、風向きが違ったんですか」

立花は、厩舎とは反対の三コーナーのほうを指さした。

「ジュニアカップの日は強い北東の風だった。だが、あの馬が逸走したホープフルステークスの日も、スプリングステークスの日も、西寄りの風が吹いていた。ネットで過去の天気を調べれば、すぐに確かめられる」

「岡本調教師が言っていた、手前の問題などは無関係なのですか」

「いや、まったく無関係ではないだろう。あの馬に限らず、左手前で走ることが好きな馬ってのは、案外多いんだ。人間と同じで、おそらく心臓をはじめとする内臓のつき方によると思われる。それと——」

と、立花は、姫乃に語りかけた。「あんた、乗馬をするならわかるだろうけど、馬ってのは、必ず左側から乗り降りすることになっている。それは万国共通のルールで、近づくときも左側から、横を歩くときも左側を歩くようにするのが基本だ。カタログの写真なんかも、全部左側から撮ったやつだろう。それもあって、人間が落馬するときも、左側から落ちることが圧倒的に多くなる。気が悪いことで知られたステイゴールドなんざ、自分の左側に行けば楽ができることをわかっていて、走りながらつねに左にモタれる隙を狙っていたらしい」

右回りで走る中山コースの四コーナーで、馬たちは、自分の左側から流れてくる厩舎の匂いをかぐことになる。

「馬にとって大切な左側から、大好きなお家の気配が匂いと一緒にやって来たら、フラフラってなるのもわかりますね」

姫乃がそう言ったとき、皐月賞出走馬の本馬場入場が始まった。

「特に、中山芝二〇〇〇メートルは誘惑が多いんだ。今おれたちがいるここから見て、すぐそこにスターティングゲートが置かれるわけだろう。ここで輪乗りをする出走馬は、嫌でも厩舎地区のほうに目が行っちまうわな。馬ってのは、特に、逃げるべき場所、避難すべき場所に関する学習能力がきわめて高いんだ。だから、一度でもこのコースで競馬をしたやつは、コースと厩舎の位置関係を把握していると思っていい」

「で、今日の風向きは、どうなんですか」

太一が訊くと、立花は、

「基本的には、ゆるやかな南風が吹きつづけている。だが、ときおり、向こう側から吹きつけてくるから、タチが悪い」

と、南門と厩舎地区のほうを指さした。

つまり、西風が吹きつけることもあるのだ。

「立花さん、前にちらっと、人為的に予防する方策もあると話していましたよね」

「ああ、手は打ってある」

「何をしたんですか」

「それは、あとのお楽しみだ。効果があるかどうかは、初めてやってみるだけに、何とも言えねえがな」

　そう言った立花に、若林が訊いた。

「立花さんが打った手というのは、フリーランドの岡本調教師や田口騎手に伝えたとか、そういったことですか」

　立花は首を横に振った。

「そんなつてはないし、そもそも、その必要はない。いや、必要はないどころか、関係者はむしろ、知らずにいたほうがいい。変に意識せずに済むからな」

　それからまたしばらく、四人とも黙ってコースを見つめた。

　立花の推論は、確かに説得力がある。

　おそらく、それは正しい。フリーランドが逸走する原因は、西風に運ばれてくる厩舎の匂いと気配なのだろう。

　だが、会社の存続が懸かる世紀の大勝負の行方が、まさか「風」によって左右されるとは、思いも寄らなかった。

　場内実況で、阪神競馬場のメインレースであるアンタレスステークスが終了したことがわかった。ウインファイブの四つ目の対象レースである。

姫乃が自分のスマホから顔を上げ、

「ひとつ前の福島民報杯も当たっていたから、これで本当にウインフォーまで来ちゃった」

とアンタレスステークスの結果が表示された画面を見せた。

何と、ウインファイブで的中させる五つのレースの一着馬のうち、四つのレースまで的中させたのだ。太一が言った。

「ということは、フリーランドが勝てば、ウインファイブ的中か」

「うん、一番人気が一頭もいないし、今勝ったのも七番人気の馬だから、すごい配当になるかも」

百円が数千万円、あるいは億を超える超高配当も夢ではなくなってきた。

返し馬を終えた皐月賞の出走馬が、一頭、また一頭と、四コーナーの奥の待機所へと集まってくる。

四人から外埒を挟んですぐのところにスターティングゲートが置かれている。

その後ろで、出走馬が輪乗りを始めた。

皐月賞の発走の時刻が近づいてきた。

「お前らも、ここからレースを見ることになって構わないのか」

立花の問いかけに太一が答えた。

「もちろんです」

　若林も頷いた。

「ここから見るのは初めてなので、むしろ楽しみです。フリーランドにとっては、ここがほかのどこよりも重要な『勝負どころ』ですしね」

「みんなでここに並んで両手を挙げて、フリーランドから厩舎のほうを見えなくしたらどうかしら」

　姫乃が言うと、立花が笑った。

「なかなかいい考えだ。おれも、それができれば一番いいと思っている」

「でも、私たちが手を挙げたぐらいじゃ、お馬さんから向こう側は丸見えよね」

　そのとき、立花が電話で誰かと話しはじめた。

「――そうだ。競馬専門チャンネルのネット中継はほんの数秒だが、実際より映像と音声が遅れるから、ラジオのほうが確実だ。今どこにいる？　そうか、桜並木道か。ファンファーレが鳴ったらエンジンをかけろ。で、スタートしたら、お前らも動き出せ。大丈夫だ。遅すぎることはない」

「あれ、立花さん、それは無線機？」

　姫乃に訊かれ、立花は小型トランシーバーのようなものを太一たちに見せた。電話だと思っていたが、そうではなかったようだ。

無線機から女の声が聞こえた。

「こちら一号車です。もうスタンバっていいですか」

「まだファンファーレは鳴らねえが、ま、いいだろう。ア・レディ・アンド・ジェントルメン、スタート、ユア・エンジンズ！」

アメリカの自動車レースの最高峰、インディ500の号令と同じセリフを立花が口にすると、無線機からエンジン音が聞こえてきた。

これが、立花が打った「手」なのか。

楽団の生演奏によるファンファーレが鳴った。

大きな拍手と歓声が沸き起こり、やがて、ざわめきが場内を支配する。

出走馬が続々とゲートに入って行く。

フリーランドもスムーズにゲートに入った。

出遅れ癖のあるインスティテュートもゲートの中でじっとしている。

「カシャッ！」という金属音と同時にゲートが開いた。

目の前で十八頭が芝コースへと飛び出して行く。

しなやかな筋肉に春の陽を受けたサラブレッドたちが高らかな蹄音を響かせ、正面スタンド前の直線を駆け抜ける。

大歓声に場内が揺れている。その揺れを上半身で感じながら、足元からも別の振動が伝わってくることに気がついた。出走馬が蹄を芝に叩きつける振動が、見守る自分たちの足の裏にまで響いてくるのだ。自分たちも芝の上に立っているがゆえの、ある種の人馬一体感なのか。

歓声のボリュームが少し下がり、ようやく実況が聞こえるようになってきた。

〈やはり大方の予想どおり、トキノウジガミがハナに立ちました。鞍上の山口騎手の出鞭(でむち)を受けて、二番手との差を一馬身、二馬身とひろげて行きます〉

インスティテュートも今日はまずまずのスタートを切った。中団馬群の内を、リズムよく走っている。

フリーランドがその外に馬体を併せた。こちらもピタッと折り合っている。

二番手は弥生賞ディープインパクト記念を勝ったマタキチ、そこから三馬身ほど後ろの外目にスプリングステークス二着のソーグレイト、それらの二馬身ほど後ろにインスティテュートとフリーランドがいる。有力馬の多くが先行集団から中団につけるなか、共同通信杯を制したボルトンは後方に待機し、末脚勝負に賭けるつもりのようだ。

出走馬が一コーナーを右に回って行く。

太一は、それらの後ろ姿を目で追いながら、実況に耳を澄ました。

〈トキノウジガミが先頭のまま一、二コーナーを回って行きます。二番手はマタキチ、それを外からマークするようにソーグレイト。一番人気のインスティテュートは中団馬群の中で、外にフリーランドを従えております。淡々とした流れです。トキノウジガミの山口騎手が今チラリと後ろを確認しました〉

流れが落ちつくと、馬群は自然とかたまって密度を増す。

先頭から最後尾まで十馬身あるかどうかだ。その中に十八頭がひしめいている。

馬群が向正面に入った。ペースは落ちついたままだ。こういうときは、外国人騎手が道中で動いて好位まで押し上げ、レースを動かすことが多いのだが、今は誰ひとりとして動こうとしない。次第に我慢比べの様相を呈してきた。

スローペースになると、どの馬も道中で脚を溜(た)めることができる。ゆえに、終盤は瞬発力の争いになると言われている。しかし、ラップのうえでゆっくり走っているからといって、楽をしているわけではない。道中、前に行きたい気持ちを抑えながら一定のペースを保つには、強靭(きょうじん)な精神力が求められる。各馬の手綱の引っ張り合いといった展開のレースは、実は、非常にタフな消耗戦であることが多いのだ。

〈向正面に入っても馬群はかたまったまま。前半一〇〇〇メートル通過は、何と、一分二秒〇と掲示されました。これは極端なスローペースになった。この流れで、後ろにつけている馬たちは届くのか〉

十八頭の馬順はほとんど変わらないまま、向正面の中ほどを通過した。

「これは、紛(まぎ)れがありそうだな」

若林が呟き、太一が頷いた。

「すべての馬にとって初めての展開だけに、ここから先、どの馬が、どんな脚を使うのか、乗っている騎手さえもわからないんじゃないか」

「逆に言うと、ここからレースを動かしたやつが、自分の馬の強さを、ほかのどの騎手より信じている、ということになるんだろう」

そう言った若林も、隣で頷く姫乃も、そして立花も、フリーランドの強さを、ほかの誰より信じているのか。

太一は、今もまだ、インスティテュートへの執着を捨て切れずにいた。

先頭から最後方まで八馬身から九馬身ほどか。ターフビジョンの映像が、真横から撮った映像から、正面から撮った映像に切り替わった。隊列は早くも横にひろがり、内埒から五頭分ほど外を走っている馬もいる。フリーランドだ。

不意に実況のトーンが変わった。

〈おおっと、一頭、外から一気に進出して行く馬がいる。フリーランドだ。フリーランドが早くも動き出して、前をまとめてかわしそうな勢いです！〉

スタンドから歓声と悲鳴が上がった。

フリーランドは、解き放たれた矢のように、馬群の外から脚を伸ばす。楽な手応えのまま先頭のトキノウジガミに並びかけ、三コーナーへと入って行く。

田口の手はまったく動いていない。無理に加速したわけではないことは明らかだ。馬の行く気に任せただけだろう。

しかし、ここからゴールまでまだ八〇〇メートルもある。いかにスタミナに自信があり、ロングスパートをかけて行くにしても、動くのが早すぎるのではないか。

馬群が急激に縦長になり、各馬の騎手のアクションが大きくなった。

それまで単騎で先頭を走っていたトキノウジガミに乗る山口は、もうステッキを叩き込んでいる。

その外に併せたフリーランドの田口は手綱をガチッと抑えたままだ。

〈持ったままの抜群の手応えで、フリーランドが首ほど、いや、体半分ほど前に出たかと思うと、もうトキノウジガミを置き去りにした。これは凄まじい脚だ。軽く走っているだけで、見る見る後続との差をひろげて行きます。田口騎手の手はまったく動いていません。これは、このまま圧勝してしまうのか⁉〉

去年のホープフルステークスも、前走のスプリングステークスもそうだった。三、四コーナーで楽に進出し、ぶっちぎりで勝ってしまうかに見せながら、四コーナーで大きく外に膨れたのだ。

太一が思い描いていた展開とはまったく違っていた。田口は馬を抑える技術があるので、道中は他馬の内でじっと脚を溜め、壁をつくるように外に馬を置いたまま三、四コーナーを回ってくる可能性が大きいと思っていた。

しかし、今のままでは、ホープフルステークスの焼き直しだ。またコーナーで外に膨らみ、外埒に突っ込んで行こうとして、レースを終わらせてしまう恐れがある。

フリーランドが四コーナーに差しかかった。

独走態勢のまま、太一たちの立つほうへと迫ってくる。

一完歩ずつその姿は大きくなる。それにつれて、場内に響く歓声も高まっていく。

そのとき、何かに背中を押されたように感じた。

風だ。太一の背後、つまり、厩舎地区のある西側から、風が吹いている。

隣にいる立花と目が合った。

立花は首を横に振って、口元だけで笑った。

――どうして、こんなときに……。どうして、こんなときに、向こうから風が吹いてくるんだ。どうして、こんなときに、立花さんは笑っていられるんだ。

悔しくて、涙が出そうになった。

立花は無線機の相手に何事か話しかけている。

そして、後ろの厩舎地区のほうに体を向け、双眼鏡で何かを見ている。

歓声が高まる。暴風雨に晒(さら)された小屋に取り残されたかのように、自分にはどうにもできない大音量の唸りと振動に支配され、全身が震えはじめる。

フリーランドが、ただ一頭、真っ直ぐに、太一の立つほうへと走ってくる。

〈これはどうしたことだ。フリーランドが四コーナーを大回りして、大きく膨れながら外埒へと近づいて行く。どうしたフリーランド。また逸走するのか。またコースアウトしてしまうのか⁉〉

いよいよ終わりというとき、すべてのものがゆっくり見えるというのは本当だと思った。フリーランドが雄大な馬体を躍動させ、たてがみを規則正しく揺らしているところまではっきりと見える。鞍上の田口拓也は、右手に持っていた鞭を左手に持ち替え、自分の顔の横でクルリと回した。

――えっ、どうして今まで右手に鞭を持っていたんだ？

馬は、鞭で叩かれた側と逆の方向へ進もうとする。右回りの中山コースで、右手、つまり内側に鞭を持っていたということは、外側へ誘導しようとしていた、ということになる。

ゴーグルをしている田口は、確かに笑っていた。

――どうして、外に膨れる悪癖のある馬を、さらに外へと走らせようとするんだ。どうしてこんなところで鞭を回すんだ。どうしてこの男も笑っているんだ。

頭のなかをいくつもの「どうして」が駆け巡る。

不意に、どこか懐かしい、甘い匂いを感じた。

左肘を突つかれた。

姫乃が笑って言った。

「いい匂いだね」

頷きながら、確かに知っている匂いだと思った。

右肩に衝撃を感じた。

若林が太一の右肩をつかんでいる。

「太一、見ろ！」

「えっ？」

「見ろ、フリーランドを！」

迫り来るフリーランドの姿が一完歩ごとに大きくなる。

「ああ、見ているとも」

太一は両足を踏ん張って目を見開き、声を張り上げた。「さあ来い、フリーランド！

おれは見ているぞーっ!!」

その叫びは歓声にかき消された。

トップスピードで四コーナーを回り、直線入口で大きく膨らみながら外埒へと突っ込んでくるフリーランドと太一との距離は三メートルほどか。

ダイナミックに上下させる首に浮かぶ汗も、前を見据える目にたたえた光も、馬銜を噛む口元に浮かぶ白い泡も、すべてが、はっきりと見て取れる。

その一瞬、歓声をつんざく高らかな蹄音が、太一の鼓膜に飛び込んできた。

ドーンと、体の前面に衝撃を感じた。

凄まじい風圧に、太一はよろめいた。

フリーランドの馬体か、あるいは、胴に巻かれた腹帯か、それとも田口が足を置く鐙(あぶみ)なのか。何かが、火花を散らすように外埒を擦(こす)る「シュッ！」という音がした。

全身の筋肉を躍動させ、フリーランドが目の前を駆け抜けて行った。

呆然(ぼうぜん)と見つめる太一から、フリーランドの後ろ姿はどんどん遠くなって行く。

握りしめていた両の拳から、少しずつ力が抜けていく。

十四　ファイナルオッズ

外埒沿いを走るフリーランドが先頭のままゴールを目指す。

外埒近くに陣取ったファンが、目の前を突き進むフリーランドから逃げるようにのけ反って後ろに下がって行く。四コーナー側から見ている目に、それはドミノ倒しのように映る。

〈な、何というレースでしょう。直線入口で大きく膨れ、外埒に激突しそうになったフリーランドが、そのまま先頭を走っています。これは田口騎手の意図的なコース取りだったのか。フリーランドの遥か後方で、今、二番手のトキノウジガミが直線に入りました。その外からマタキチとソーグレイトが伸びてくる。もう一頭いる。インスティテュートだ。馬場の真ん中からインスティテュートが猛然と追い込んでくる！〉

フリーランドが独走態勢に入った。

二番手のトキノウジガミとの差は十馬身ほどか。

三コーナーではトキノウジガミと並走していたのだから、四コーナーと直線入口だけで、これだけの差をつけてしまったのだ。

〈先頭のフリーランドが快調に飛ばす。後続との差をさらにひろげ、豪快にストライドを伸ばします。これは歴史的な大差で決着しそうだ〉

ゴールまであと二〇〇メートル。

あと十一秒ほどで、太一と若林が持っているフリーランドの単勝馬券が、十億円に変わる。

そのときだった。

太一の視界に、奇妙な歪みが生じたように感じた。

場内の歓声が急に小さくなり、そこここから悲鳴が上がった。

〈ゴールまで残り二〇〇メートルというところで、先頭のフリーランドが急に失速しました！　故障発生か。いや、田口騎手は激しく首を押しています。しかし、フリーランドは指示に反して止まろうとしています！〉

中山芝コースのゴール前――ラスト一八〇メートルから七〇メートルにかけて――には、高低差二・二メートルの急勾配の坂がある。

フリーランドは、ちょうどその手前で走るのをやめてしまったのだ。

「あとは、中山名物でもあるゴール前の急坂ですね。直線に向くと、ドーンとあの坂が正面に見えるから、嫌になっちゃうんじゃないですか」

共同記者会見での岡本調教師の言葉が思い出された。

逸走の原因はひとつではない、という岡本の見方は正しかったのか。

後続が一気に差を詰めてくる。

内からマタキチとソーグレイト、それらの外、馬場の真ん中からインスティテュートが獲物を狙う肉食動物のようにしなやかな走りで迫ってくる。

——終わったか。

不思議なほど、悔いはなかった。

信じた結果、こうなっただけのことだ。

フリーランドは四コーナーで逸走しなかった。直線でも真っ直ぐ走った。

太一と立花と、そして、若林と姫乃が望んでいたとおりの走りを、皐月賞の大舞台で披露してくれた。

それで十分だ。

ターフビジョンにゴール前の急坂が映し出された。

田口が、止まりかけたフリーランドの右の手綱を引き、馬の顔を後ろに向けた。すぐに田口はフリーランドの顔をまた前に向け、左手に持ったステッキを馬の顔の横で振る「見せ鞭」をし、流れるような動作で、その鞭を左トモに叩き込んだ。

ビシッという音が、一〇〇メートルほど離れた太一のもとにまで聞こえてきそうな鋭さだった。

フリーランドは後ろ脚で立ち上がり、雄叫(おたけ)びを上げるように首を左右に振った。

そして、両前脚を着地させた次の瞬間、芝の断片を宙に蹴り上げ、跳ぶように走り出した。

田口がフリーランドの顔を後ろに向けさせたのは、後ろから迫る馬たちを見せて、闘争心をかき立てるためだったのか。

フリーランドが再びスピードに乗っていく。

キャンターから完全な駈歩になるまでの数秒間、七万人を超える大観衆も、実況アナウンサーも沈黙した。

フリーランドの内、馬場の真ん中から、インスティテュートが一完歩ごとに差を詰めてくる。

ゴールまで残り一〇〇メートル。

再び、実況が響きはじめた。

〈フリーランドが走り出した！　少しずつ勢いを取り戻し、今、再び、逃げ込み態勢に入りました。しかし、内から迫るインスティテュートの脚色(あしいろ)がいい〉

インスティテュートが外のフリーランドと馬体を離したまま差を詰めて、並びかけ、完全に並走の形に持ち込んだ。

フリーランドとインスティテュートの後ろは大きく離れている。三番手のソーグレイトは、七、八馬身後ろだ。

完歩を進めるごとに、頭、首、半馬身……と、少しずつインスティテュートがフリーランドより前に出て行く。

〈内のインスティテュートと外のフリーランドのマッチレースになった。インスティテュートがやや優勢か。これら二頭が坂を上り切った〉

ラスト七〇メートルで急坂を上り切り、勾配がゆるやかになると、フリーランドのストライドが急に大きくなった。

ラスト五〇メートル。

内のインスティテュートが半馬身ほど前に出ている。インスティテュートはここからさらに加速し、スプリングステークスで見せたように、ゴールする瞬間最高速に達することができる。

それをわかっている鞍上の池山は勝利を確信したのか、鞭を左から右に持ち替え、内に刺さらないよう、ただ真っ直ぐ、スムーズに走らせることだけに注力しようとしている。

ターフビジョンに映る、外のフリーランドと内のインスティテュートの四肢の動きがシンクロしはじめた。

そう見えたのは、しかし、ほんの一瞬だった。完歩を繰り出す速さも、首を上下させるリズムも同じなのに、外のフリーランドだけが滑るようにスピードを上げ、インスティテュートとの差を詰めて行く。

その差が首ほどまで縮まったと思ったら、次の完歩で横並びになり、さらに次の完歩では、逆にフリーランドが首ほど前に出た。

圧倒的に大きなストライドで、フリーランドは、飛んでいるのだ。

〈フリーランドだ、フリーランドが舞うように伸びる！〉

ゴールまであと三完歩。二完歩。

フリーランドは一完歩で九メートル近く跳ぶ。以前、立花からそう聞いた。それに対し、インスティテュートの一完歩は八メートル弱という計算だ。ゴール前のつば競り合いにおいて、この一メートルの差は決定的な大差となる。なお、一完歩で八メートル弱でも、競走馬全体においてはストライドが大きな部類に入る。

フリーランドが特別なのだ。

大勢は、決した。

〈今、フリーランドが、七万人の観客の目の前をすり抜けるようにして、先頭でゴールを駆け抜けました。田口騎手が鞭を持った左手を天に突き上げました。三馬身差の二着はインスティテュート。大きく遅れて三着争いをするマタキチとソーグレイトが、今、

〈ゴールしました〉

勝った。フリーランドが、本当に勝ったのだ。

場内がざわめいている。

すぐにその理由がわかった。

電光掲示板に表示されている勝ちタイムのせいだ。

一分五十七秒六。皐月賞レコードである。それだけではない。古馬を含めても、中山芝二〇〇〇メートルのレコードタイムが計測されたのである。

これは、二重、三重の驚きだった。

皐月賞の時期の芝コースは、使い込まれたことに加え、生育期に差しかかる前であるため、速い時計が出づらい。にもかかわらず、フリーランドは、このスーパーレコードを叩き出した。

それ以上に驚異的と言えるのは、前半がスローに流れた中で、このタイムで走り切ったことだ。勝ちタイムから前半一〇〇〇メートルのタイムを引くと後半一〇〇〇メートルのタイムがわかる。このレースのそれは五十五秒六。一ハロンを十一秒一平均で後半を走り切ったことになる。これはレース全体のラップだ。中間点で先頭より五馬身ほど後ろにいたフリーランドとインスティテュートは、さらに速いタイムで走破したことになる。しかも、フリーランドは、直線で一度止まりかけていたのだから、恐ろしい。

太一が惚れ込んだインスティテュートだって、素晴らしいパフォーマンスを発揮したのだ。フリーランドというとんでもない化け物が相手でなければ、圧勝で栄冠を手にしていただろう。

とてつもないレースを目撃した——という興奮を、太一は、隣にいる若林と姫乃、そして立花のみならず、今、中山競馬場にいる全員と共有していた。

中山競馬場一円の空気だけが、確かに熱を帯びている。空を見上げると、競馬場の上空だけ雲の形が違う。

「おれたちも、勝ったんだな」

若林の声を聞くと、自分たちが十億円を手にしていることを思い出し、震えが来た。

「うん、勝った」

そう返すことしかできなかった。

「勝利騎手インタビュー、聞きに行く?」

姫乃がゴールのほうを指さした。ゴールの少し先にウイナーズサークルがあり、そこで表彰式と勝利騎手インタビューが行われる。

立花にも声をかけようかと思ったら、また無線で誰かと話している。

「わかった。うん、終わった。お前はどうする。西船橋で飯でも食うか」

と、立花は太一に顔を向けた。太一が頷くと、また立花は無線で話しつづけた。「じゃあ、どこかに停めたら携帯に連絡してくれ。残りの九台は、このまま取手工場に行かせていい。手当てはひとり五十万円だ。そうだ、すまないな」

普通、メインレースが終わると一気に客が引けて場内は動きやすくなるのだが、今日は帰らない客が多い。

太一たちと同じく、田口の勝利騎手インタビューを聞こうとしているのか。

人込みをかき分けるのが大変で、太一たちがウイナーズサークルに着く前に、田口の勝利騎手インタビューが始まった。

――見事、フリーランドで皐月賞を制した田口拓也騎手です。おめでとうございます。

「ありがとうございます」

――最後はヒヤヒヤしましたが、強いレースでしたね。

「はい、見てのとおり、とてつもない能力の馬です」

――どうしてゴール前で止まりかけたのでしょうか。

「馬に訊いてみないとわかりませんが、どうもあの馬は、自分でゴールを決めてしまうみたいですね。バテたり、どこかを痛めたわけじゃないのですが、今日のゴールは坂の手前と決めて、休もうとしたようです」

場内から笑いが起きた。

――レース前はどんなことを考えていたのでしょうか。

「何度も過去のレースのビデオを見て、どう乗ったら四コーナーで逸走しないか考えたのですが、答えは出ませんでした。だから、どうしてもまたコースアウトしようとしたら、とことんまで付き合ってやろうと思ったんです」

――それで直線入口で、あえて外埒近くまで行ったのですね。

「はい。やっぱり、四コーナーで少し外に行こうとしたので、『行けるもんなら行ってみろ』という気持ちで、そのまま走らせました。外埒の向こう側にも芝が敷かれているので、『万が一、外埒を飛び越えても大丈夫だろう』と、腹をくって」

田口はあえて鞭を右手に持ち、フリーランドが外へ行こうとする動きを邪魔せずにいたのだ。インタビュアーが次の質問をする前に、田口が言葉をつづけた。「頭のいい馬ですから、埒に突っ込んだり、飛び越えたりしたらケガをするって、わかっているんですよ。だから、激突する寸前、馬が自分で方向を右に変えていました」

――ライバルはどの馬だと。

「いや、まったく考えませんでした。このレースでぼくの相手になるのはほかの出走馬ではなく、フリーランドだと思っていましたから。この一週間、対フリーランドのことばかり考えていたので、皐月賞に出ていたほかの十七頭のうち、馬名を言えるのは二、三頭しかいないと思います」

さっきよりさらに大きな笑いが起きた。

立花と目が合った。

立花が南門のほうを指さしたので、そちらに歩き出した。

若林と姫乃も一緒に、オケラ街道を西船橋へと向かった。

「すき焼きの美味い店を予約したんだが、そこでいいか」

立花が言うと、姫乃が太一を見て笑い出した。

「そこでいいよね、太一」

「あ、ああ」

そう答える太一を見て、若林も笑っている。

「何がおかしいんだ」

と訝しがる立花に、姫乃が、このところ毎週太一が馬券でプラスを出し、その都度食べる料理の種類を変えていることを伝えた。

「ちょうど先週、お寿司屋さんとか、すき焼き屋さんとか、しゃぶしゃぶのお店に行ってもいいよね、って話していたんです」

立花と過ごせることが嬉しいのか、姫乃の声が明るい。

「そういえば、今日のウインファイブ、いくらついたんだ」

太一が訊くと、姫乃が答えた。

「八千万円ちょっと」

「うん。言ったでしょう、実質的にはウインフォーだったから」

さすがに肝が据わっている。ネットバンキングでのこととはいえ、八千万円以上の払戻しを受けても平然としている。

「獲ったんだよな」

結局、フリーランドの単勝は二千二百五十円。ファイナルオッズは二十二・五倍だった。フリーランドとインスティテュートの馬連は千八百七十円、フリーランド―インスティテュート―マタキチの三連単は三万三千四百八十円という配当になった。

立花が単勝五千万円を的中させて十一億二千五百万円、太一が馬連を八十万円的中させて千四百九十六万円、若林は三連単を五万円的中させて千六百七十四万円、姫乃がウインファイブを百円的中させて八千二十一万円の払戻しを得ることになった。

三連単は、若林が「出る」と言いつづけていた五―六―七の「コロナ馬券」にはならなかったのだが、フリーランドを軸にしていたおかげで的中したようだ。

オケラ街道を歩きながら、立花に、太一と若林、姫乃の払戻しも、さわやかフーズのために遣ってほしいと申し出た。しかし、立花は、

「いらねえよ、バカヤロー」

と、ひと言ではねつけた。

太一の足どりは、人生最大の高額ヒットをやってのけたというのに、今ひとつ重かっ

た。大切な仲間と、尊敬する上司と大きな喜びを分かち合う幸福感は何物にも代えがたいものだが、今の自分には、肝心なピースが欠けているように感じられる。それが何なのかは明らかだった。

伊藤優奈である。

この週末、なるべく彼女のことを考えないようにしていたのだが、それでも、頭の中から完全に追い払うことはできなかった。

本当に、彼女は「敵方」のスパイだったのか。

思い返すと、いろいろ不自然なことが多い。金曜日の昼前に送ってきたＬＩＮＥを最後に、ぷっつりと連絡が来なくなっている。

明日出社したら、彼女のデスクは空席で、一身上の都合により退社、ということになっていても不思議ではないように思われた。

念のためＬＩＮＥを見たが、メッセージは来ていない。

ついでに、ツイッターもチェックした。今日の予想は外れたので、おそらくフォロワーは増えていないだろう。そう覚悟していたのだが、驚いた。昨日までは一万五千人を超えていたのに、一万人ほどに減っている。

スマホを持つ太一の手元を姫乃が覗き込んだ。

「あら、フォロワーの数、そんなものなの？」

「昨日まではもっといたんだけど、外れたら減っちゃった」

「現金なものね」

横を歩く若林も苦笑している。

「ところで、おれと太一の払戻しはカバンに入る程度だけど、立花さんは、どうやって十一億円以上の払戻しを受け取るんですか」

「大学時代の同期が、JRAでスターターをやってるんだ」

と立花が答えた。スターターとは、ファンファーレに合わせて台に乗って旗を振る係員のほか、発走地点で出走馬をゲートに誘導する係員のことを言う。動物としてのサラブレッドの習性を熟知し、扱いに慣れてないといけないので、獣医師免許を持っていたり、馬術の選手経験があったりする職員が多い。「おそらく、将来は理事になるエリートでな。やつに相談して、どんな方法があるか訊いてみるさ」

「明日が未来堂さんへの支払期限のはずですが、間に合いますか」

太一が訊くと、立花は自分の胸をポンと叩いた。

「お前らが買ってくれたこの馬券を、デポジットとして見せるから大丈夫だ」

「じゃあ、払戻しを受け取るのは、後日でも大丈夫ですね」

太一は、十一億円の札束の重さを頭の中で計算してみた。百万円の札束が約百グラムだから、一千万円が約一キロで、一億円が約十キロだ。つまり、十一億円は、約百十キロもある、ということになる。

「十一億円を運ぶには、台車が必要なんじゃないですか」

太一が言うと、立花が笑った。

「そうなったら、またお前に手伝ってもらうよ」

西船橋駅の近くまで来た。

駅の北にある広い駐車場に、さわやかフーズのロゴと商品イラストがコンテナに描かれた大型トラックが停まっていた。新商品のプロモーションなどに使われるもので、キッチンカーとして野外イベントに利用することもできる。

立花が、トラックのほうへと近づき、手を振った。

運転席から、さわやかフーズのブルゾンを着たドライバーがひらりと飛び下りた。キャップを取ると、長い髪がゆるやかな風になびいた。

「お疲れさまでした、松原さん」

メガネをかけていないが、間違いない。見間違えるわけがない。

優奈だ。一週間前、一緒に中山競馬場に来て、帰りに唇を重ねた、あの優奈だ。

太一は、ぽかんと口をあけたまま、その場に立ち尽くした。

立花が言った。

「実は、伊藤にも、お前とは別のミッションを頼んでいたんだ」

「そ、そうなんですか」

太一はやっとの思いで言葉を発した。

「先週、松原さんに中山競馬場に連れてきてもらったおかげで、周辺の方向感覚もつかめたし、ラジオの実況で言っていることの意味もわかったし、とても助かりました」

と、優奈は屈託のない笑みを見せた。

「まあ、簡単に言うとだな——」

と、立花が、この日打った「手」について説明した。

立花は、さわやかフーズでデモカーとして使用している、これと同型のトラックを十台用意した。本社から船橋に寄って、取手工場までデモ走行をするという名目だ。そして、皐月賞出走馬が四コーナーに差しかかるころ、松戸原木線の、中山競馬場南門と厩舎地区との間を走るよう指示していた。そこでスローダウンして車間をギリギリまで詰めて「壁」となり、厩舎から風に流されてくる寝藁(ねわら)や馬の匂いを遮断しようとしたのだ。

さらに、今日来たデモカーの半数の五台は、ビスケットやチョコレートに似た甘い匂いを車外に流す装置を備えている。薬品を合成したもので、数年前に特許を取得した立花の職務発明だ。もし、西から風が吹いていても、この匂いを流すことによって、厩舎の匂いを弱めようと考えたという。

「大型免許を持っている人間は限られている。それもあって、今回は伊藤に事情を話して、仕切り役を頼んだんだ。先頭の一号車を運転し、ほかの九台を引き連れる大役を見事にやってくれた」

優奈が先週、自分は「資格マニア」だとLINEに書いていたことを思い出した。その資格に大型免許も入っていたのか。

太一は、話を聞いているうちに、ぽかんとあいていた自分の口が少しずつ閉じて、言葉を発することができるようになったことに気がついた。

キャップを被りなおした優奈に太一は訊いた。

「もし、競馬場の警備員やほかの車のドライバーにどけるよう言われたら、どうするつもりだったの」

「わざとエンストさせて、キーを呑み込むつもりでした」

それを聞いた太一たちはみな笑い声を上げた。

これほどウケるとは思わなかったのか、優奈は顔を赤くして俯いている。

太一は、彼女を一度でも疑ったことを申し訳なく思った。

立花が駅のほうを指さした。

「さあ、メンバーが揃ったところで、行くとするか」

店へと向かいながら、姫乃が太一に言った。

「レース中にいい匂いがしたの、あの車だったんだね」

「うん、言われてみれば、そうだ」

イベントのときなど、これまで何度も甘い匂いをかいだことがあった。

姫乃が太一の腕を突ついた。

「綺麗な子じゃない。頑張って」

さっきより風が強くなってきた。

急に足どり軽くなった太一は、ふと気づくと、ほかの四人より前を歩いていた。

傾いた陽が、太一と若林、姫乃、立花、そして優奈の影を長くしている。

優奈の影が、少し揺れている。

太一は、影のほうに振り向いた。

ブルゾンを脱いだ優奈が微笑み、小走りで太一に近づいてきた。初めて待ち合わせた先週と違い、今度は途中で止まらず、太一の横に来た。

「次は、ダービーですね」

「ああ。ダービーは『競馬の祭典』って言われているんだ」

「そうなんですか」

「うん。誰が言い出したのかは知らないけど、とにかくダービーはすごいんだ」

他愛のない会話が楽しい。

気がついたら、立花たちは一本手前の道を曲がっていた。

追いかけようとした太一が優奈の手を取ると、優奈はぎゅっと握り返してきた。
やっぱり、競馬は、何もかもが楽しい。
太一は、心の底からそう思った。

エピローグ

二〇二×年五月二十×日、日曜日。牝馬クラシックのオークスが行われるこの日、松原太一は東京競馬場のパドックの「定位置」で朝から馬を眺めては馬券を買ってレースを見て、またパドックで馬を吟味する――ということを繰り返していた。

東京競馬場の「定位置」も、中山競馬場でのそれと同じく、オッズ板の向かい側にある。ただ、中山と違って、パドックに向かって左側に馬主やマスコミ関係者のためのスペースがある。

メインレースのオークスのひとつ前の第十レースの出走馬がパドックに出てきたとき、若林和正が現れた。

「どうだ、調子は」

若林に訊かれ、太一は答えた。

「ギャンブルとは、お金を払って負け方を学ぶことです」

「何だよ、それ」

「有名な漫画家の言葉らしい」

「今日もダメか」

「ああ、気持ちいいぐらい外しまくってるよ」

先月の皐月賞で千四百九十六万円という生涯最高の払戻金を手にした太一は、どういうわけか、その後さっぱり馬券が当たらなくなった。

払戻金は、もともと自分のために遣うつもりはなかったので、自宅マンションに近い商店街に全額寄付した。先年、街灯の新設工事資金を業者に持ち逃げされ、古い街灯がそのまま使われていたからだ。先方にとってあまりに都合のよすぎる話なので最初は怪しまれたが、行きつけの、林SPFポークのロースカツを出すトンカツ屋の店主が太一をよく知っていたこともあり、最後は気持ちよく受け取ってもらえた。

若林は、皐月賞で得た千六百七十四万円の払戻金を全額祖母に渡し、介護サービス付き高齢者向け住宅への入居費用にしたという。

「ごきげんよう」

そう言って現れた坂本姫乃は、皐月賞のウインファイブで得た八千二十一万円で、自身の生家でもある内科医院の内視鏡機器やX線撮影機器、超音波診断装置、心電計、高精細モニター、電子カルテシステム、診察用ベッドなどの医療機器を最新鋭のものに入れ替え、エアコンや照明、待合室のソファなども新しくし、さらに床や壁、天井などをリフォームしたという。

太一と若林の遣い方をあとで知った姫乃は、「私だけ自分のためにセコい遣い方をしたみたいで気分が悪い」と怒っていたが、今まさに街灯の新設工事をしている商店街を太一は毎日通っているし、若林だって、祖父母のなかでただひとり健在の父方の祖母のために金を出したのだから、自分のために遣ったようなものだ。

さわやかフーズは、同業の未来堂食品が五十パーセントのプレミアムを加えた買付け価格を提示したうえでTOBを実施したことにより、ハゲタカファンドによる乗っ取りを免れた。

「おっ、太一のもうひとりのボス、今日も来てるな」

と、若林が馬主用のスペースを親指で指し示した。

真っ赤なスーツに身を包んだ、未来堂食品社長の大橋未来が太一に手を振った。太一も同じように手を振り返した。こういうときに深々と頭を下げると自分が太一より年上だと周囲にわかってしまうから、親しげに手を振るよう、本人からキツく言われているのだ。

大橋もさわやかフーズの経営者のようなものだ。逆らうわけにはいかない。

彼女自身は競走馬を所有していないのだが、ビジネスパートナーの何人かが馬主なので、関係者として、ときおり競馬場に来ているのだという。

皐月賞の日に太一がエスカレーターで見かけたのも、やはり大橋だったのだ。

今、その大橋の隣には、太一の彼女（だと自分では思っているのだが）の伊藤優奈が立ち、こちらに手を振っている。

大橋も、皐月賞でたまたまフリーランドの単勝を買っていたという。立花が五千万円を投じたことを知ると、なぜ自分にも教えなかったのだと鬼のように怒ったという。

ＴＯＢのリスクヘッジのための十億円を捻出するミッションの詳細を聞いた大橋は優奈のことを気に入り、未来堂にヘッドハントするのではないかと噂になるほど、あちこち連れ回すようになった。

優奈は、口にこそ出さないが、優雅に競馬を楽しめる馬主席が気に入って、大橋に連れ回されることを楽しんでいるようだ。

「優奈ちゃん、来週、太一と一緒にダービーを見るって約束してなかったっけ」

姫乃が横目で言った。

「ん、まあ、してたかな」

「でも、来週もあのオバサンと一緒じゃ無理だね」

「オバサンとか言うなよ。あの人は地獄耳だし、姫の声は通るんだから」

と、太一は、競馬新聞で口元を隠して言った。

「聞こえたっていいじゃない。太一も立花さんも、あのオバサンのこと怖がりすぎだと思うな」

「実際、怖いんだから、しょうがないよ」

言いながら、そっと馬主用のスペースを窺うと、大橋も優奈もいなくなっていた。

不意に、太一の耳に「パコッ」という音が飛び込んできた。馬が集中力を欠いて蹄を地面に着けるとこういう音になる。太一は新聞に赤ペンで「P」と書き加えた。圧倒的一番人気になっている馬だ。この馬が飛ぶとしたら、勝ち負けになるのはあと一頭しかいない。

――よし、今度こそイケるかもしれないぞ。

ずっと勝ちつづけるわけではないのと同じく、いつまでも外れつづけるわけがない。

「ねえ、若。コロナ収束のサイン馬券はいつ出るのよ」

「たぶん、もう出てる。どのレースかはわからないけど」

「そんなんじゃ意味ないじゃん」

「いや、ちゃんと出てるはずなんだから、意味はあるんだよ」

姫乃と若林のやり取りを背中で聞きながら、太一はマークカードを手に、馬券売場へと向かった。

ズボンのポケットに入れたスマホが震えた。

優奈からＬＩＮＥのメッセージが来た。

「今日は一緒にいられなくてゴメン。来週のダービーは一緒に見ようね。それから、姫乃さんとあまり仲よくしすぎないように」

最後に怒った顔文字が添えられていた。

あたたかな陽射しも、やわらかな風も、場内のざわめきも、すれ違う人が手にしたコーヒーの香りも、足の裏に感じる階段の感触までも、すべてが心地よかった。

来週は必ずいいことがある。

そう思えること以上の幸せが、ほかにあるだろうか。

その前に今日のオークスだ。いや、これからスタートする第十レースだ。

太一は、「よし！」と自らを鼓舞するように声を出し、マークカードをしっかりと塗りつぶした。

この作品はフィクションです。

実在の人物や競走馬、競馬場、主催者名などが登場しますが、設定などは事実と異なる場合もあります。

解説

酒井一圭

ポスター

本書『ファイナルオッズ』の舞台となっている中山競馬場の正門を出て、右手すぐのところに北方十字路の交差点があり、東西に流れる街道が「木下街道」です。そこを東に真っ直ぐ進むと千葉県白井市に辿り着きます。白井には、騎手や厩務員を養成する日本中央競馬会競馬学校があります。志願者は多く、入学することすら狭き門だと聞きます。私の実家も白井にあり、中学・高校時代は競馬学校に隣接する西山牧場の分場にサラブレッドを見に行ったりして競馬を身近に感じながら過ごしていました。駅の掲示板に張り出されていた競馬学校生徒募集のポスターを何気なく見た時の衝撃は今も忘れることができません。以下、現在の募集要項を引用させてもらいます。

「令和四年四月入学　騎手課程生徒募集要項」

募集人員　十名程度
応募資格
年齢　競馬学校入学時に中学校卒業以上の学歴を有する者、又はこれと同等以上の学力を有すると認められる者で、令和四年四月一日時点の年齢が十五歳以上二十歳未満の者。
体重　平成十六年三月三十一日以前に出生した者　四十八・〇キログラム
平成十六年四月一日から平成十七年三月三十一日の間に出生した者　四十七・〇キログラム
（以下略）

え？　え？　四十八キロ……この辺りで続きを読むのを止めました。既に身長は百八十センチを超えており体重も六十五キロだった私。絶対無理やんか。どんなに努力してもなれない職業があるのか。何気なく見た分、大きな衝撃を覚えました。
中学卒業を控えた十五歳。野球を頑張ってきたけど高校ではサッカーをやってみよう。しかし間近でサラブレッドに触れ、オグリキャップのラストランを目の当たりにし完全に覚醒してしまった私の頭は競馬のことばかり。将来は競馬業界に！　山野浩一さんのサラブレッド血統事典を常に持ち歩き、未来に夢を膨らます日々でした。四十八キロか。ということは競走馬のお世話をする厩務員や調教師も厳しいだろう。ならばビジネスで成功を収めて馬主になるしか道はない！

思えばあの競馬学校のポスターのお陰で今も掲げている「馬主」という大目標が出来ました。

パドック

白井の実家から競馬場まで自転車だと一時間ほど。入場料二百円を握り締め、相馬眼を養おうと学生時代にもかかわらず週末になるとペダルを踏み込んだものでした。

競馬関係者になれなくても、つまり、内側の人になれなくてもいい。彼らはレース当日のサラブレッドを外側から見る機会に恵まれることはない。レース直前のサラブレッドたちをパドックから観察することは外側にいるファンにこそ許されたものであり、この視点を継続研磨すれば関係者よりも外側からの相馬眼は磨き込めるはず。

これは私が子役から関わってきた芸能の世界に通ずるところがあり、どんなに客観性を持って稽古し、創作に勤しんだとしても、チケットを求め劇場に足を運んでくる観客の目そのものにはなれない。そんな偉そうなことを考えているものの本当のところは、「ビジネスで成功して馬主になる」はずが、競馬で蔵を建てた者はいないと聞き、それなら挑戦してみようとアッサリ横道に逸れてしまったのでした。

本書で松原太一は、中山競馬場のパドックでは、オッズ板の向かい側、つまり、スタンドとコースを背にする側で、馬主やマスコミ関係者用のスペースより少し四コーナー寄りの一角を定位置としています。更に、日光の当たり方や馬体の見え方などが同じ場所から「定点観測」をつづけることで、好調時とそうでないときのわずかな違いを見つけることができるのだ、と記しています。

全く同感であり、なんとこの場所こそ、私が中山競馬場で見るときの定位置だったので驚きました。きっと松原太一と私は中山競馬場のパドックで隣り合わせで馬券検討に勤しんでいたはずです。こんなスリリングな勝負をするなら私も仲間に入りたかったですよ！

熱い物語にグイグイ引き込まれ、一気に読了してしまいました。

古い写真

作中に、太一の親友の若林和正（わかばやしかずまさ）が、父の遺品にあった高本公夫（たかもときみお）さんの馬券本を読んで競馬を好きになったことが記されています。それとは少し異なりますが、私にも競馬に夢中になる「原風景」があります――。

戦時中のものでしょうか。若き日の祖父が兵隊の格好で馬に乗っている古い写真を見た記憶があります。競馬を愛するルーツは祖先にあったのだろうか？　時々そう思うことがあるのです。

私の父は競馬ファンではありませんでした。特に若い頃はパチンコファン、幼い頃よく連れていかれたものです。祖父も叔父も嗜む程度に競馬を楽しんでいました。夏休みに大阪に帰省した際、親戚らの馬券をひとまとめに買いに行く叔父に連れられ、梅田の場外馬券売場に行ったのが私の最初の競馬体験。男たちが列を成し、口頭で買い目を伝えていたあの時代、吸い殻もタンもハズレ馬券もみんな足元に捨て散らかし放題。頭上から何が飛んでくるかたまったもんじゃないですが、むしろそれを私は楽しんでいました。ガラの悪い関西弁のオッさんも幼い私の顔を見るや「アイスでも買い～」と気前良く百円玉をプレゼントしてくれたものです。

雑多で時に殺伐とした雰囲気でしたが、慣れてしまえば大らかで優しい空間でした。私にとっての「原風景」はあの昭和の梅田。時代は随分と流れましたが、心地よき懐かしい思い出として大切にしまってあります。

東京競馬場

高校生活を終え、子役時代から一旦は退いていた芸能界に戻りました。それでも私の競馬熱は熱くなる一方でした。決めた！　競馬場のある町に住む。

中山競馬場の近くに居を構えるか、東京競馬場の近くにするか、かなり迷った挙句、やはりデカい競馬場のある府中にしようとアパートを借り、再びパドックに出掛ける日々を再開しました。今度は自転車で一時間もかかりません。多摩川のほとりだったので徒歩十分ほど。最高の競馬環境を手に入れたのです。歩いてダービーに。歩いて天皇賞に。歩いてジャパンカップに。どちゃクソ負けても歩いて帰れる気楽さ。若さに任せてとことんまで突っ込みました。

皆さんもご存知でしょう。そんな簡単に競馬は当たりませんわ。スペシャルウィーク、グラスワンダー、ステイゴールド、テイエムオペラオー、東京競馬場のパドック、夕陽に照らされた名馬たちが言葉そのままにキラキラと輝いたあの時代です。単発続きの役者人生。ブレイクなんて夢のまた夢。それでも時々声が掛かったりオーディションに受かったり。なかなか足を洗えないのは競馬も芸能も同じです。

負けが込む日々は続き、自宅と競馬場を結ぶ道のりはまさに私専用のオケラ街道でした。自己破産が脳裏を過った二〇〇一年、奇跡が起こりました。戦隊ヒーロー、「百獣戦隊ガオレンジャー」のオーディションに受かり、一年間のレギュラーとなったのです。

ガオレンジャー

ここでは、思いつくまま、ありのまま、ガオレンジャーと競馬のご縁を記したいと思います。ガオレンジャーのオーディションは書類選考から面接、最終審査まで約二ヶ月弱、確か三、四回戦ほどあります。

残すところ最終審査のみというタイミングの週末、もちろん東京競馬場のパドックに私は幼馴染の競馬仲間とおりました。メーンレースは天皇賞・秋です。ジョッキーを背に出走馬たちが最終周回を終え、地下馬道に向かうと大観衆の流れは一斉に投票所へと向かいます。私と友人の目の前で新聞を広げていたその男性も投票所に向かおうとパドックを背に振り返った時、ふと目が合いました。咄嗟に「あっ！」とお互い声を上げました。なんと男性はガオレンジャーのオーディションの審査委員、ど真ん中に座っていたプロデューサーのHさんだったのです。

私は「おおお、お疲れ様です」と慌てて会釈、Hさんも見られてしまったと顔に書いてある。俯きながら小さな声で「が、頑張ってね～」そそくさと人混みに去っていきました。今思うとあれは競馬に対しての頑張ってだったのか、オーディションに対しての頑張ってだったのか。多分、両方だったのかな。何万人もいるのにピンポイントでバッタリですから今でも語り草です。

視聴者の中には小さなお子さんを持つ競馬関係者が当然いるはずだ。競馬ファン・酒井一圭の存在を知ってもらいたい。繋がりたい。番組開始を前にそう考えた私は番組サイトのプロフィールの「好きな食べ物」を「好きな騎手」に。「好きなヒーロー」を「好きな競走馬」に。聞かれてもないのに「好きな競馬場」だったり「好きな種牡馬」だったり、番組スタッフに働きかけて、答える部分を全て競馬関連に差し替えてもらったのでした。

番組開始からしばらくするとターフライターの平松さとしさんからホームページを通じて「酒井さん、競馬がお好きなんですね！」とメールが届き、たまたま平松さんがタイキシャトルと藤澤和雄調教師のことを書かれた著書をまさに読んでいるタイミング！　あっという間に交流が始まりました。

東京競馬場にガオレンジャーのメンバー全員を招待してくださったり、対談集を発売するにあたり、武豊騎手、武幸四郎騎手のゲスト出演をブッキングして頂いたり、草野球で江田照男騎手や後藤浩輝騎手とも仲間になるよう計らって頂き、大変お世話になりました。今も友人としてお付き合いしております。感謝です。

そして最後は、ガオレンジャーの最終回。ラスボスを倒すクライマックス、ガオレンジャーと百獣のアニマルパワーで敵を倒すんですが、次々と集まってくる百体のパワーアニマルに私の演じたガオブラックがこう叫ぶんです。

「ガオホース！」

私の競馬好きを知るスタッフたちから一年間頑張った労いのプレゼントでした。

夢

二〇〇七年四月十三日の金曜日、私は映画の撮影中に右足を複雑骨折し、救急搬送され即日入院する憂き目に遭いました。「オペが成功しリハビリが上手くいっても、これまでのように歩ける保証は出来ません」と診断され、目の前が真っ暗になりました。

　四十日間の入院中、毎晩のように前川清さんが夢に出てきたことがきっかけで純烈結成に至った話はメディアで再三お話しさせて頂いた通り、本当の話です。では何故、前川清さんだったのか？　競馬です。芸能関係で馬主になっている方を若き日の私は分析していたのです。北島三郎さん、和田アキ子さん、萩本欽一さん、小林薫さん、前川清さんなど多くの方が馬主になっている中で、劇場公演をされている方、所謂、一部お芝居、二部歌謡ショーといった「座長公演」をされている方が多いと感じていました。

　役者稼業は誰かになりきる仕事です。右足に爆弾を抱えたまま誰かを演じる。時に自分を置き去りにしてしまう仕事ですから気がついたらまた怪我を重ね現場を止めて迷惑をかけてしまうかもしれない。そのことが入院中一番の懸念であり何度も悪夢を見ました。目の前が真っ暗になったのは、役者廃業が頭を過ったからです。家族をどうやって食べさせればいい？　自分自身どうやって明るく人生を送れるだろうか？　役者の向こう側にある馬主になる目標を絶対に諦めたくない。それさえあれば生きていける。この強い想いが結果的に前川清さんの登場に繋がったんじゃないかと今となっては考えています。

　二〇二一年七月、東京・明治座で純烈は初座長公演を開催しました。千穐楽のスペシャルゲストは前川清さんでした。前川さんの楽屋暖簾（のれん）のデザインには馬があしらわれているんですよ。その暖簾を潜（くぐ）り、前川さんに私は一枚の用紙を差し出し「お名前を使わせてください」と申し出ました。前川さんは笑顔でお許しをくださいました。地方競馬の馬主申請用紙にある知人の馬主の欄の記載のお願いでした。審査には受かるかもしれませんが落ちるかもしれません。何度でもチャレンジするつもりです。

　長くなりましたが、どういうわけか競馬が私の人生に深く大きく関わっていること、ご理解頂けたと思います。知ってもらえるだけで嬉（うれ）しいです。

最後に。私は競馬を信じています。だから本書『ファイナルオッズ』に登場した彼ら、そして島田明宏さんに強烈に共鳴したんだと思います。

　作中で、太一と、その上司である立花勝則（たちばなかつのり）が「のるかそるか」の大勝負を打つことができたのも、彼らが競馬を信じていたからでしょう。

　みんな競馬を信じている。きっとあなたも！　拙い文章にお付き合い頂きありがとうございました。さあ！　今週も競馬です。楽しみましょう！

（さかい・かずよし　プロデューサー、俳優、歌手）

本書は、集英社文庫のために書き下ろされた作品です。

集英社文庫

ファイナルオッズ

2021年12月25日　第1刷　　　　定価はカバーに表示してあります。

著　者　島田明宏（しまだあきひろ）

発行者　徳永　真

発行所　株式会社　集英社
東京都千代田区一ツ橋2-5-10　〒101-8050
電話　【編集部】03-3230-6095
【読者係】03-3230-6080
【販売部】03-3230-6393（書店専用）

印　刷　図書印刷株式会社

製　本　図書印刷株式会社

フォーマットデザイン　アリヤマデザインストア　　　　マークデザイン　居山浩二

ISBN978-4-08-744336-3 C0193